AF217529

Tucholsky   Wagner   Zola   Scott   Sydow   Freud   Schlegel
Turgenev   Wallace   Fonatne
Twain   Walther von der Vogelweide   Fouqué   Friedrich II. von Preußen
Weber   Freiligrath   Frey
Fechner   Fichte   Weiße Rose   von Fallersleben   Kant   Ernst   Richthofen   Frommel
Engels   Fielding   Hölderlin
Fehrs   Faber   Flaubert   Eichendorff   Tacitus   Dumas
Feuerbach   Maximilian I. von Habsburg   Fock   Eliasberg   Zweig   Ebner Eschenbach
Ewald   Eliot   Vergil
Goethe   Elisabeth von Österreich   London
Mendelssohn   Balzac   Shakespeare   Dostojewski   Ganghofer
Trackl   Stevenson   Lichtenberg   Rathenau   Doyle   Gjellerup
Mommsen   Tolstoi   Hambruch
Thoma   Lenz   Hanrieder   Droste-Hülshoff
Dach   Verne   von Arnim   Hägele   Hauff   Humboldt
Karrillon   Reuter   Rousseau   Hagen   Hauptmann   Gautier
Garschin   Defoe   Baudelaire
Damaschke   Descartes   Hebbel
Hegel   Kussmaul   Herder
Wolfram von Eschenbach   Dickens   Schopenhauer   Rilke   George
Bronner   Darwin   Melville   Grimm   Jerome
Campe   Horváth   Aristoteles   Bebel   Proust
Bismarck   Vigny   Voltaire   Federer   Herodot
Gengenbach   Barlach   Heine
Storm   Casanova   Tersteegen   Grillparzer   Georgy
Chamberlain   Lessing   Langbein   Gilm
Brentano   Lafontaine   Gryphius
Strachwitz   Claudius   Schiller   Kralik   Iffland   Sokrates
Katharina II. von Rußland   Bellamy   Schilling
Gerstäcker   Raabe   Gibbon   Tschechow
Löns   Hesse   Hoffmann   Gogol   Wilde   Vulpius
Luther   Heym   Hofmannsthal   Klee   Hölty   Morgenstern   Gleim
Roth   Heyse   Klopstock   Kleist   Goedicke
Luxemburg   La Roche   Puschkin   Homer   Mörike   Musil
Machiavelli   Horaz
Navarra   Aurel   Musset   Kierkegaard   Kraft   Kraus
Nestroy   Marie de France   Lamprecht   Kind   Kirchhoff   Hugo   Moltke
Laotse   Ipsen   Liebknecht
Nietzsche   Nansen   Ringelnatz
von Ossietzky   Marx   Lassalle   Gorki   Klett   Leibniz
May   vom Stein   Lawrence   Irving
Petalozzi   Platon   Knigge
Sachs   Pückler   Michelangelo   Kock   Kafka
Poe   Liebermann   Korolenko
de Sade   Praetorius   Mistral   Zetkin

Der Verlag tredition aus Hamburg veröffentlicht in der Reihe **TREDITION CLASSICS** Werke aus mehr als zwei Jahrtausenden. Diese waren zu einem Großteil vergriffen oder nur noch antiquarisch erhältlich.

Symbolfigur für **TREDITION CLASSICS** ist Johannes Gutenberg (1400 — 1468), der Erfinder des Buchdrucks mit Metalllettern und der Druckerpresse.

Mit der Buchreihe **TREDITION CLASSICS** verfolgt tredition das Ziel, tausende Klassiker der Weltliteratur verschiedener Sprachen wieder als gedruckte Bücher aufzulegen – und das weltweit!

Die Buchreihe dient zur Bewahrung der Literatur und Förderung der Kultur. Sie trägt so dazu bei, dass viele tausend Werke nicht in Vergessenheit geraten.

Samuel Brinks letzte Liebesgeschichte

Joseph Schreyvogel

Impressum

Autor: Joseph Schreyvogel
Umschlagkonzept: toepferschumann, Berlin

Verlag: tredition GmbH, Hamburg
ISBN: 978-3-8424-1326-9
Printed in Germany

1.

»Die Achse hält den Weg noch zweimal aus«, schrie Paul, »macht nur den Riemen geschwind zurecht, daß wir fortkommen!« – »Ei, wenn er's besser versteht«, brummte der Schmied, »meinetwegen!«

»Was gibts denn, Paul?« sagte ich, aus der Kalesche zurücksehend. – »Unnötigen Aufenthalt«, erwiderte Paul, »der Schaden könnte längst ausgebessert und wir schon auf der Station sein, wenn der wunderliche Mann nicht so viele Bedenklichkeiten hätte.« – »Nun, nun, wir haben so große Eile nicht«, sagte ich, indem ich aus dem Schlage stieg; »mach Er seine Sache fein ordentlich, Meister Schmied!« – »Das ist etwas anders!« hörte ich jetzt Paul brummen; »sonst währt dem Herrn gleich alles zu lange.«

Ich ließ meinen Paul stehen und ging in den Hof der Dorfschenke, wo ich ein hübsches, ziemlich wohlgekleidetes Mädchen mit der Wirtin sprechen sah. Das Mädchen trug ein kleines Bündel unter dem Arme und schien ihren Weg, den sie dem Ansehen nach zu Fuß gemacht hatte, eben fortsetzen zu wollen. »In anderthalb Stunden«, hörte ich die Wirtin zu ihr sagen, »können Sie auf der Station sein; ob Sie aber den Postwagen noch antreffen werden, weiß ich nicht; er geht gewöhnlich früher durch.« – Das Mädchen erwiderte einige Worte, die ich nicht verstehen konnte, und kehrte sich dann mit dem Gesichte gegen mich. Ich war überrascht, denn jetzt erst sah ich, wie schön sie war. Mehrere junge Leute, die sich an einem Seitentische bei schlechtem Weine lustig machten, schienen nach ihrer Art nicht weniger Wohlgefallen an dem Mädchen zu finden. Zwei von ihnen waren aufgestanden und machten Miene, sich dem schönen Kinde zu nähern. Sie hatte es bemerkt und suchte ihnen auszuweichen; aber die mutwilligen Burschen vertraten ihr den Weg und einer faßte sie ziemlich tölpisch an. Unwillig riß sie sich los und verdoppelte ihre Schritte, um über den Hofraum zu kommen. Als sie an mir vorbeiging, sah ich Tränen in ihren großen blauen Augen; ihre Wangen glühten, sie wandte das Gesicht hinweg, als schäme sie sich, einen Zeugen der ihr widerfahrenen Beleidigung zu haben. Unwillkürlich folgte ich der anziehenden Erscheinung, die, durch das Tor an meinem Wagen vorbeieilend, meinen Blicken bald entschwand. Paul als er sie gewahr wurde, stutzte und sah sich schalkhaft lächelnd nach mir um. »War's das? Ja, dann freilich!« hörte ich ihn murmeln, als ich ihm näher kam.

»Nun, ist der Wagen fertig?« fragte ich. – »Das geht so geschwind nicht, Herr! Aber der Meister macht es recht ordentlich.« – »Sieh, wo der Postillon ist«, erwiderte ich ernsthaft. Paul ging mit drollig-bedenklichem Kopfschütteln. – Ich sah mich nach den zwei Burschen um, deren ungeschliffenes Betragen das schöne Mädchen erröten gemacht und mir, ohne ihr Verdienst und Wissen, einen so reizenden Anblick verschafft hatte. Sie waren zu ihrem Tische zurückgekehrt und riefen lärmend die Wirtin. Nach einem kurzen Wortwechsel warfen sie Geld auf den Tisch und taumelten an mir vorbei, denselben Weg einschlagend, auf dem sich das Mädchen entfernt hatte. Sie schienen ziemlich betrunken; ihre erhitzten Gesichter hatten einen Ausdruck von Roheit, der mir sehr widrig auffiel.

»Wo bleibt denn der Postillon?« rief ich meinem Paul entgegen, indem ich in die Kalesche stieg. – »Er kommt schon, Herr, und der Meister Schmied ist auch bald fertig, wie ich sehe. Wir holen die flinke Dirne schon noch ein.« – »Ich glaube, du träumst, Alter?« sagte ich, »aber mach fort! Hier ist Geld; und knickere mit dem Schwager nicht! Er soll fahren, wie recht ist.« – Es war angespannt. Paul schwang sich mit etwas steifer Hastigkeit auf den Sitz des Postillons und fort rollte der Wagen in der Richtung hin, welche »das flinke Mädchen« und die zwei wilden Burschen genommen hatten.

2.

Es war ein herrlicher Sommerabend. Die untergehende Sonne übermalte den leichtbewölkten Himmel mit ihren schönsten Farben. Die fruchtbare Landschaft, von Hügeln und Tälern durchschnitten, ruhte wie ihre Bewohner von dem Geräusch und den Mühen des Tages. An beiden Seiten der Straße lagen in ziemlicher Ferne einige Dörfer, zu denen die Herden und hin und wieder einzelne Arbeiter zurückkehrten. Kein Fuhrwerk war auf der Straße zu sehen, kaum von Zeit zu Zeit ein Fußgänger. Wir fuhren eine Anhöhe hinauf, deren bewachsene Spitze der Anfang eines ziemlich beträchtlichen Waldes ist. Als wir die Höhe erreichten und die Straße selbst durch das dichter werdende Gehölz bedeckt wurde, sah Paul etwas besorgt zurück. – »Fahr zu, Schwager!« rief ich, Pauls besorgtem Blicke gleichsam antwortend. Die Rosse liefen bergab, was sie konnten.

Jetzt lichtete sich das Gehölz; ein Teil der Straße wurde sichtbar. Mir deuchte, ich erblicke die Gestalt die mein unruhiges Auge suchte: aber Baumgruppen deckten die flüchtige Erscheinung wieder. Bald schien mir, ich sehe die Gestalt noch einmal nicht weit von uns, und die zwei rohen Gesellen hinter ihr. – »Sie sinds!« schrie Paul, als wir sie beinahe erreicht hatten. – Die Burschen mochten den Wagen bemerkt haben; sie blieben ein wenig zurück, desto rascher ging das Mädchen vorwärts. Ich rief dem Postillon zu, seine Pferde etwas anzuhalten, was ihm aber nicht sogleich gelang. Als wir an dem Mädchen vorbeifuhren, schien sie mich und Paul zu erkennen; sie verdoppelte ihre Anstrengung, um uns nachzukommen. Da wendete sich der Weg und ein Gebüsch verbarg sie uns aufs neue.

Plötzlich vernahmen wir einen Schrei hinter uns. Der Postillon hatte die Pferde eben zum Stillstehen gebracht. Ich sprang aus der Kalesche und flog dem Orte des Angriffes zu, den mir ein wiederholtes Zuhilferufen bezeichnete. Als ich durch das Gebüsch gedrungen war, sah ich das Mädchen mit den zwei Buben ringen. Meinen Knotenstock in der Faust, stürzte ich auf die Elenden los. Sie wurden mich nicht gewahr, bis meine wiederholten Streiche sie aus ihrer brutalen Zerstreuung aufweckten. Die Schurken waren in

Begriff, sich zur Wehre zu setzen, als ich sie plötzlich, von einem panischen Schrecken überfallen, entfliehen sah. Paul, mit meinen Pistolen bewaffnet, und der Postillon waren mir zur Seite; drohend und lärmend setzten sie den Flüchtigen nach. Das Mädchen, jetzt erst seiner Rettung gewiß, warf sich in heftiger Bewegung an meinen Hals. Wie aufgelöst von Angst und Freude, lag sie einen Augenblick in meinen Armen; aber schnell schien sie sich zu besinnen, und indem sie, über und über errötend sich aus meiner Umarmung wand, drückte sie meine Hand an ihre glühenden Lippen.

Paul und der Postillon kamen lachend auf uns zu. Sie hatten die Flüchtlinge nicht erreichen können und mußten sich begnügen, sie waldeinwärts verjagt zu haben. Das Mädchen ward nun erst ihren zerstörten Anzug gewahr; verschämt entfernte sie sich von uns, um ihn ein wenig zu ordnen und ihr zerstreutes Bündel zu suchen, das etwa fünfzig Schritte zurück am Wege lag. Paul sah ihr mit innigem Vergnügen nach und der Postillon, dessen glotzende Augen der schlanken Gestalt gleichfalls nachstarrten, murmelte schmunzelnd: »Blitz! 's ist eine hübsche Dirne!« – »Ich dächte, Herr«, sagte Paul, »wir hingen dem lieben Kinde Ihren Staubmantel um; sie scheint sehr erhitzt und könnte bei dem kühlen Abend sich im Fahren leicht erkälten.« – »Du meinst also, Paul –?« – »Daß Sie das Mädchen nicht in Nacht und Wald schutzlos zurücklassen werden, wohl mein' ich das, oder ich müßte Herrn Samuel Brink nicht mehr kennen. Ich will nur gleich vorausgehen und den Staubmantel aus dem Magazin hervorsuchen.« – »Tu das, guter Paul, und du, Schwager, sieh zu deinen Pferden; ich komme gleich nach.« – »Heißa, Schwager!« rief Paul, ihn mit sich fortziehend, »jetzt gibt es eine lustige Fahrt und Extra-Trinkgeld!«

Ich ging dem Mädchen, das sich langsam näherte, einige Schritte entgegen und bot ihr meinen Arm. Sie hatte sich ziemlich gefaßt und nahm meinen Antrag, sie auf die nächste Station zu führen, mit bescheidenem Danke an. Paul stand schon mit seinem Staubmantel da, als wir zu der Kalesche kamen, und nötigte ihn meiner Begleiterin ohne Umstände auf. Dafür nahm er ihr das Bündelchen ab und brachte es in dem Wagensitze unter. Von dem Postillon hörten wir jetzt zum großen Schrecken des Mädchens, daß die Diligence, auf welcher sie einen Platz nach der Hauptstadt hatte nehmen wollen, schon vor mehreren Stunden weiter gefahren sei; sie war um so mehr bestürzt darüber, weil sie ihren Koffer vorausgesendet hatte und dieser, wie sie fürchtete, verloren sein möchte. – »Das wird sich alles finden«, rief Paul in bester Laune. »«Wer weiß, Mamsellchen, wozu der kleine Unfall gut ist!« Hierauf hob er sie zierlich in den Schlag und hüpfte selbst ganz behende auf den Kutscherbock. Der Postillon trieb seine Pferde an und blies ein munteres Stückchen dazu.

3.

Der Vollmond stieg aus dem Waldesgrund empor und erhob die Abenddämmerung zu einem zweifelhaften Tageslichte. Ich lehnte behaglich in meiner Wagenecke, aus der ich von Zeit zu Zeit einen Blick auf meine schöne Nachbarin warf, welcher ihr Staubmantel den Reiz einer drolligen Vermummung gab. Da ich darüber scherzte, sah sie sich flüchtig an und lachte sehr anmutig ein paarmal auf. Allmählich ward sie heiter und ziemlich gesprächig. Ich erfuhr nun, daß sie Margarete Berger heiße und die Tochter eines Forstbeamten auf den Gütern des Grafen von ** sei, wo sie bis in ihr vierzehntes Jahr eine recht glückliche Jugend verlebt habe. In diesem Alter habe sie ihren Vater und ein Jahr später auch ihre Mutter verloren, ohne daß ihre Eltern ihr einiges Vermögen hinterlassen hätten. Die Schwester ihrer Mutter, selbst Witwe eines herrschaftlichen Rentmeisters, habe sie dann zu sich genommen und ihre Erziehung mit Liebe und Sorgfalt vollendet. Da jedoch ihre Tante selbst nur von einer geringen Pension gelebt und mit den Verwandten ihres verstorbenen Mannes in Erbschaftsstreitigkeiten verwickelt worden, habe sie Gretchen, zu ihrem besseren Fortkommen, in einem anständigen Hause der Hauptstadt unterbringen wollen. In dieser Absicht habe die Tante vor vierzehn Tagen mit ihr die Reise nach der Residenz angetreten, sei aber auf halbem Wege in eine gefährliche Krankheit verfallen und in dem nahen Landstädtchen, wo sie liegen geblieben, am siebenten Tage gestorben.

Ein Strom von Tränen unterbrach hier Gretchens Erzählung. Sie verbarg das Gesicht an der Seite des Wagens und weinte eine Zeitlang heftig. »Verzeihen Sie, mein Herr!« sagte sie dann; »ich besitze die Kunst noch nicht, mich vor Fremden gehörig zu benehmen. Wiewohl eine vater- und mutterlose Waise, fand ich doch in dem Hause meiner Tante die mütterliche Nachsicht und Zärtlichkeit wieder; ich durfte weinen und mich laut freuen; – unter fremden Menschen, weiß ich wohl, schickt sich das nicht.« – »Was ein so gutgeartetes Geschöpf empfindet«, sagte ich, indem ich Gretchens Hand ergriff, »darf es auch äußern. Und bin ich Ihnen denn fremd, liebes Kind? Mir sind Sie es nicht mehr.« – Mein Ton oder meine Worte mußten Gretchens Herz getroffen haben, denn sie sah mir mit ihren großen blauen Augen so mild und vertrauensvoll ins Gesicht, daß ich versucht war, das holde, hilfebedürfende Wesen an meine Brust zu drücken. Aber ich bezwang mich, indem ich sie fragte, warum sie nach dem Unglücke, das ihr begegnet, nicht in ihre Heimat zurückgekehrt sei, wo sie doch noch einige Bekannte haben müsse? – – »Keine, die etwas für mich tun könnten oder wollten«, erwiderte Gretchen. »Die Verwandten meines Oheims kamen auf die Nachricht von dem wahrscheinlichen Tode der Tante in dem Städtchen an, wo diese krank geworden und eben gestorben war. Sie ließen die Leiche schnell begraben und legten Beschlag auf den Nachlaß der Verstorbenen. Mir wurden meine wenigen Kleider und ein karges Reisegeld verabfolgt. Was blieb mir übrig, als nun allein den Weg nach der Residenz anzutreten, wo ich einige Hoffnung habe, in dem Hause aufgenommen zu werden, für das meine gute Tante mich bestimmt hatte?«

Ich fragte um den Namen der Familie, an welche sich Gretchen in der Residenz wenden wollte. Sie nannte mir eine Frau von Reichard, Bankierswitwe, welche ich einigemal gesehen und von der ich viel Gutes gehört hatte. »Das Haus hat den besten Ruf«, sagte ich; »vielleicht, Gretchen, finden Sie da einen Teil dessen wieder, was Sie verloren haben. Ich will Sie in die Stadt bringen, liebes Kind; seien Sie guten Mutes!« – Die lebhafteste Freude glänzte in Gretchens Augen; sie drückte fühlbar meine Hand und war im Begriff, sie noch einmal gegen ihre Lippen zu führen. Das verwirrte mich; mit einiger Hast zog ich meine Hand zurück, so daß Gretchen mich betroffen ansah. Ich glaube, ich ward rot; unwillkürlich schlug ich die Augen nieder. Zum Glücke fuhr der Wagen eben in das Posthaus und Paul stand schon vor dem offenen Schlage. – »Wir bleiben doch hier?« sagte er, indem er mir heraushalf. – »Ja, Paul; besorge ein abgesondertes Zimmer für Mamsell Berger.« »Kommen Sie, Mamsellchen!« rief der Alte; »wir wollen uns gleich nach Ihrem Koffer umsehen.« – »Sie werden doch nicht böse, Herr«, setzte er leise mit einer Schalksmiene hinzu, »wenn auch ich ein wenig mit dem hübschen Mädchen charmiere?« – »Geh, Narr!« sagte ich, ziemlich verdrießlich, daß der Alte meinen Empfindungen so nahe auf der Spur war.

Ich spazierte über den Hof zum Tore hinaus, um mich noch ein wenig im Freien zu ergehen. Es war inzwischen Nacht geworden. Der Arktur stand am nordwestlichen Himmel, im Zenith funkelte die Lyra und ostwärts strahlte, wie zu ihr aufschwebend, der Adler. Aber vor mein Gemüt traten zwei milde Augensterne und meine Blicke wandten sich von dem Glanz der Himmelslichter dem sanften Scheine des irdischen Gestirnes zu, das mir so unvermutet aufgegangen war. »Wie steht es mit dir, Samuel?« sagte ich zu mir selbst. »Bist du nicht zu Jahren gekommen und halb und halb ein Philosoph? Doch hier unten wie dort oben wirkt die Natur nach ihren ewigen, einfachen Gesetzen. Die Bahn der Gestirne altert nicht, ebensowenig der mächtige Trieb der Herzen. Was haben wir voraus mit unserer Erfahrung und Weisheit als die Fähigkeit, unsere Wünsche und Neigungen früher zu verstehen und – darüber zu lächeln? – Bedenke deine Jahre, Samuel, bedenke deine Jahre!« –

Als ich langsam gegen das Posthaus zurückging, kam mir Paul daraus entgegen, um mir zu sagen, daß Gretchen mit dem Essen auf mich warte. Sie wendete sich mit großer Heiterkeit zu mir, da ich ins Zimmer trat. Ihr Anblick ergriff mich aufs neue. Das Herz schlug mir merklich; ich winkte Gretchen, neben mir Platz zu nehmen, und setzte mich selbst geschwind, um meine Unruhe weniger auffallend zu machen. Das harmlose Mädchen erzählte mir sehr vergnügt, daß sich ihr Koffer gefunden habe, was ihr besonders ihrer Papiere wegen lieb sei. Überhaupt sprach sie gern und lebhaft, auch von der Stadt, von deren Verhältnissen sie ziemlich unterrichtet schien, denn ihre Tante war dort geboren und erzogen worden. Ich hörte meist schweigend zu, während ich ziemlich eifrig aß und mich mehr und mehr in das Anschauen der lieblichen Gestalt vertiefte. Da ich abgespeist hatte und Gretchen mich eine Weile still sitzen sah, stand sie auf, um sich zu entfernen. – »Morgen um vier Uhr die Pferde, Paul!« fuhr ich endlich aus meiner Zerstreuung auf. – Mit einem freundlichen »Gute Nacht, lieber Herr!« schlüpfte sie aus der Tür. »Gute Nacht, Gretchen!« rief ich ihr nach.

»Bedenke deine Jahre, Samuel!« sagte ich noch einmal zu mir selbst, nachdem ich meinen Paul stumm verabschiedet und mich, halb ausgekleidet, auf das Bett geworfen hatte, worin endlich der Schlaf meinen umherschwärmenden Gedanken ein Ziel setzte.

4.

»Wieviel ist die Uhr, Paul?« fragte ich, indem ich aus dem Bette sprang, so leicht wie ein Fahnenjunker, der die erste Parade beziehen soll. – »Gleich sechs, Herr!« sagte Paul. – »Was?« rief ich. »Und warum hast du mich nicht um vier Uhr geweckt, wie ich dir befahl?« – »Ei, Herr«, erwiderte Paul, »Sie schliefen so wunderfest, daß ich Sie noch vor einer Stunde nicht wecken mochte, wo ich schon zum zweitenmal hereinkam«. – »Ich glaube, du treibst deine Kurzweil mit mir, alter Träumer!« – »Ich träume nicht, Herr!« – »Da schläft wohl Gretchen auch noch?« fuhr ich nach einer Weile fort, indem ich meine übernächtige Figur im Spiegel betrachtete. – »O«, sagte Paul, »die treibt sich schon seit anderthalb Stunden im Garten, im Hühnerhofe und draußen im Felde herum; das Mädchen ist lauter Leben und die Wirtschaft scheint recht ihr Element zu sein. Das wäre ein anderes Ding, Herr, als unsere alte Sibylle im Hause.« – »Meinst du?« sagte ich zerstreut. »Aber laß das Frühstück bringen, Paul, und bitte Gretchen, dazu herauf zu kommen.«

Ich hatte große Lust, mir selbst ins Gesicht zu lachen, wie ich so vor dem Spiegel dastand – sobald Paul aus der Tür war. »Das hat ein Liebhaber von zweiundfünfzig Jahren vor einem von zwanzig voraus«, sagte ich, »daß er mit Appetit essen und, wenn's glückt, seine acht oder neun Stunden schlafen kann. Ich hätte das gestern kaum gedacht, als ich da unten dem Arktur mein Herz eröffnete.«

Das Frühstück kam und Gretchen trippelte herein, mir einen guten Morgen bietend. Sie sah aus wie der Morgen selbst nach einer erfrischenden Sommernacht. Fand ich sie gestern lieblich und anziehend, so erschien sie mir heute in dem vollen Glanze des blühendsten Jugendreizes. – »Es ist doch eine köstliche Gottesgabe um ein Alter von achtzehn Jahren!« dachte ich oder sagte es vielmehr laut. »So alt sind Sie wohl eben? Nicht wahr, Gretchen?« – »Bald neunzehn«, erwiderte sie. – »Kommen Sie, Kind! Ich will mir einmal einbilden, ich wäre, was das betrifft, Ihresgleichen. Setzen Sie sich zu mir! Sie müssen die Konversation der Stadtherren doch ertragen lernen; ich will Ihnen eine Probe davon zum besten geben.«

Das gute Kind wußte nicht, was sie von meiner Laune denken sollte; aber ich ließ mich nicht irre machen. Ich schwatzte, lachte, tändelte mit so viel Anstand und natürlicher Lebhaftigkeit, daß Gretchen endlich selbst mit fortgerissen wurde. Lachend und schäkernd begleitete sie mich zu dem Wagen, in welchen ich sie diesmal hob, zum sichtbaren Verdrusse Pauls, der sich diese Galanterie nicht wollte nehmen lassen. Meine Stimmung dauerte die halbe Station über zu Gretchens nicht geringem Ergötzen. Ein wenig verliebte Geckerei, mit etwas wahrer Empfindung versetzt, unterhält die Weiber immer, die unerfahrensten wie die klügsten; denn sie ist ein Tribut der Überlegenheit, welche ihnen die Natur in dem Verhältnisse der Geschlechter über uns einräumte. – »Herr Brink kann recht liebenswürdig sein«, hörte ich Gretchen mit vieler Unbefangenheit sagen, als mache sie die Bemerkung für sich.

Nach und nach verrauchte indes der galante Humor, der mir mit Gretchens Eintritt an diesem Morgen wie ein leichter Champagnerrausch zu Kopfe gestiegen war. Ich wurde stiller, bemerkte auch wieder, was sonst außer uns vorging, und vertiefte mich endlich in die Betrachtung der herrlichen Landschaft, durch die wir hinfuhren. Gretchen hatte schon früher viel Anteil an den Gegenständen gezeigt, welche uns umgaben. Sie bemerkte die Verschiedenheit des Bodens und der Wirtschaft in Vergleichung mit denen ihrer Heimat und verbreitete sich dabei recht sinnig und lehrreich über die Eigenheiten des Gebirgs- und Forstlebens. Ich fing an, Interesse an dem Geiste des Mädchens zu nehmen, dessen Gestalt und Schicksal mich schon so sehr angezogen hatten. Überall verriet sie eine lebhafte Auffassung und eine Reife des Verstandes, welche ihrem Alter und ihrer einfachen Erziehung vorauszueilen schienen. Zwar kannte sie manches gute Buch, dessen beiläufig erwähnt wurde, aber ihre Urteile waren auf eigene Ansicht und Überlegung gegründet. Wir unterhielten uns auf solche Weise sehr angenehm und ungezwungen von nahen und entfernteren Dingen; ich erfuhr immer mehr von Gretchens früherer Geschichte und das Vertrauen, welches mir das liebenswürdige Mädchen bewies, schien nach und nach erst das rechte Verhältnis zwischen uns herzustellen.

So kam der Mittag heran, den wir in einem wohleingerichteten Gasthofe auf dem halben Wege unserer Fahrt nach der Hauptstadt zubrachten. Ich speiste mit Gretchen an dem Wirtstische. Es gefiel mir wohl, die Augen der Gäste öfters auf meine schöne Nachbarin gerichtet zu sehen, welche in ihrem einfachen, fast ärmlichen Anzuge als die Königin der Tafel erschien. Ein junger Offizier, der uns gegenübersaß, suchte sie endlich ins Gespräch zu ziehen. Ich bewunderte die Gewandtheit und den feinen Takt, womit Gretchen den nach und nach zudringlich werdenden Fragen und Anspielungen des jungen Kriegsmannes auszuweichen wußte, ohne sich durch ein verlegenes oder auffallend frostiges Betragen zum Augenmerk der Gesellschaft zu machen. Als wir von der Tafel aufstanden und ich mich nach einem abseits liegenden Zeitungsblatte umsah, trat der Offizier ganz dreist zu Gretchen und begleitete seine Anrede mit einer ziemlich vertraulichen Gebärde, indem er sie zierlich an beiden Ellenbogen anfaßte. Sie zog sich mit einer Achtung fordernden Miene zurück, worüber der junge Herr, leicht auflachend, sich in die Brust warf. Ich war indessen zwischen sie getreten und sah den Offizier ernsthaft an. – »Steht die junge Person vielleicht unter Ihrem Schutze?« fragte er spöttisch, »Ihre Frau oder Tochter scheint sie nach dem Äußern nicht zu sein.« – »Wenn es darauf ankommt, sie gegen Zudringlichkeiten sicher zu stellen«, antwortete ich in entschlossenem Tone, »so steht das junge Frauenzimmer allerdings unter meinem Schutze; das kann erfahren, wer Lust dazu hat.« – »Gehorsamer Diener!« sagte er, etwas verblüfft, und wandte mir den Rücken zu. – Ich nahm Gretchen unter den Arm und ging mit erhobenem Haupte langsam durch den Saal, mich nach beiden Seiten umsehend ob jemand hier sei, der gegen meine Erklärung etwas einzuwenden habe.

5.

Wir saßen wieder in unserem Wagen. Der kleine Ärger hatte mein Blut in Bewegung gebracht und ich sah es gern, daß der Schwager, ein munterer Bursch, seine Pferde in scharfem Trabe laufen ließ. Die Straße zog sich durch einen üppigen Getreideboden hin, dessen hochstehende Saaten von einem frischen Winde bewegt wurden. Ich überließ mich dem angenehmen Spiele der Vorstellungen, welches einen solchen Anblick gern begleitet und saß längere Zeit schweigend neben meiner Reisegefährtin, die seit dem Auftritte in dem Speisesaale selbst sehr still und nachdenkend geworden war. Als ich sie aus meiner zurückgelehnten Stellung seitwärts ansah, begegneten ihre Blicke den meinigen. Sie schlug die Augen nieder, in denen ich den Ausdruck einer mehr als gewöhnlichen Aufmerksamkeit gelesen zu haben glaubte. »Woran denken Sie, Gretchen?« fragte ich, mich zu ihr neigend. – »An die großen Verbindlichkeiten, die ich Ihnen habe«, erwiderte sie nach kurzem Besinnen, leicht errötend. – »Sie rechnen doch den lächerlichen Auftritt mit dem jungen Bramarbas nicht dazu?« sagt' ich scherzend. – »In der Tat, das tu ich«, antwortete sie ernsthaft; »dieser junge Offizier hatte etwas unbeschreiblich Beleidigendes in seinem Blicke und seinem ganzen Wesen. Mein Innerstes empört sich, wenn ich nur daran denke.« – Ich hielt Gretchens Hand, welche in der meinigen zu zucken schien; über ihre Wangen flog der Widerschein einer inneren Aufwallung von Scham und Unwillen, der mich auf eine seltsame Weise ergriff. Es war ein Reiz von ganz eigener Art, worin alle Zauber der Weiblichkeit vereinigt schienen.

»Es kann Ihnen«, sagte ich mit merkbarer Beklemmung, »im guten wie im schlimmen nicht an Gelegenheit gefehlt haben, den Eindruck zu beobachten, welchen Sie auf Männer von dem verschiedensten Charakter machen müssen.« – Gretchen hörte mir etwas zerstreut zu, schien aber die Folge meiner Rede zu erwarten. – »Hat man Ihnen nie gesagt«, fuhr ich zögernd fort, »daß Sie – ein schönes Mädchen sind?« – Sie lächelte, als hätte ich etwas sehr Gleichgültiges gesagt. »Das wohl«, erwiderte sie; »aber ich habe eben nicht viel darauf gehört.« – »Hatten Sie nie einen Liebhaber, Gretchen?« fragte ich lebhafter. – »Was man eigentlich so nennt, – nein!« – »Gretchen!« sagt' ich, indem ich einen Kuß auf ihren Arm drückte; »Sie wissen nicht, wie unendlich liebenswürdig Sie sind!« – Sie wurde rot und zog ihren Arm zurück. – »Gretchen!« wiederholt' ich leise, ihr näher rückend. –

»Haben Sie donnern gehört?« rief Paul, indem er sich herumwandte; »wir bekommen ein starkes Ungewitter.« – »So wollt' ich – !« – »Wie meinen Sie, Herr?« – »Es ist gut!« fuhr ich ihn an; »du fürchtest doch den Donner nicht?« – »Ich nicht, aber die Mamsell vielleicht.« – Gretchen versicherte, daß sie das Gewitter vielmehr liebe.

In dem Augenblick hörten wir den Donner von fern rollen. Mächtige Wolkenmassen entwickelten sich auf der ganzen Fläche des Horizonts; der Wind wehte stärker und jagte Staubwolken über die jetzt lebhaft befahrene Landstraße. In kurzem war der Himmel ringsum bedeckt und ein zuckendes Wetterleuchten durchlief das düstere Grau der Wolken. Einzelne Regentropfen fielen auf und neben dem Wagen nieder, da schlängelte sich ein Blitzstrahl weithin durch das Gewölbe des Himmels; rauschend strömte der Regen herab und ein paar schmetternde Donnerschläge hallten mit dumpfem Gerolle aus weiter Ferne wider.

»Ist's so recht?« fragte Paul Gretchen. – »Es wird!« erwiderte sie, indem sie mit sinnigem Ernst in die wohltätig aufgeregte Natur hinausblickte.

Das große, allmählich sich entfaltende Schauspiel der bewegten Außenwelt brachte den kleinen Aufruhr in meinem Innern zum Stillstand. Als die erste Aufwallung vorüber war, lächelte ich selbst über die seltsame Unterbrechung, die meiner unvorsichtigen Zunge, gerade noch zu rechter Zeit, Schweigen auferlegt hatte. Meiner selbst wieder völlig mächtig, genoß ich ruhig des zwiefachen herrlichen Anblickes, der vor mir aufgetan war, und beobachtete mit wechselnder Teilnahme bald die prächtige Naturerscheinung außer uns, bald Gretchens liebliches Angesicht, woraus diese in gemildertem Lichte zurückstrahlte.

»Das tut doch nicht gut«, sagte Paul, sich noch einmal zurückwendend; »es regnet gar zu toll! Das Wasser schlägt in die Kalesche. Ich will das Spritzleder herablassen, Herr!« – Er tat es, eh' ich es mit Anstand hindern konnte. Es war, als ob mich Paul oder der Zufall necken und meine Standhaftigkeit auf die Probe setzen wollte.

Die Kalesche war von allen Seiten geschlossen. Das schwache Licht, welches durch ein paar handgroße Fensterchen in den schmalen Raum des Wagens fiel, reichte eben hin, mir Gretchens Gestalt in einem magischen Helldunkel zu zeigen. Der Widerschein der Blitze erhöhte von Zeit zu Zeit den wunderbaren Reiz dieser Beleuchtung. Wir saßen so enge, daß ich nicht die geringste Bewegung machen konnte, ohne ihren Arm, ihren Fuß, die schwellende Fülle ihres jugendlichen Wuchses zu berühren. Ich glaubte, sie atmen zu hören; die Luft, die ich einsog, schien von dem Hauche ihres Mundes durchwürzt. Es war, als säh' ich Funken zwischen uns hin und her gehen, den elektrischen Entladungen ähnlich, welche außerhalb unserer kleinen Welt die Atmosphäre erschütterten. – –

»Ich will«, sagte ich nach einem ziemlich langen Kampfe zu mir selbst, »ich *will* dieser reizenden Versuchung nicht unterliegen!« – und indem ich mich in meinem Winkel zusammenschmiegte, schloß ich die Augen mit dem festen Vorsatze, sie nicht eher wieder zu öffnen, bis sich das Wetter *in* und *außer* mir völlig abgekühlt hätte und ich mich ganz so ruhig fühlte als in dem Augenblicke, wo Paul das verwünschte Spritzleder herabgelassen hatte.

– »Das taten Sie wirklich, Herr Samuel Brink?« – »Mit Ihrer Erlaubnis, lieber Leser, ja, das tat ich; und wenn Sie in meinen Fall kommen sollten, so rate ich Ihnen, dasselbe zu tun. Es ist ein einfaches Mittel und hilft gewiß, wenn es Ihr Ernst ist, es zu rechter Zeit anzuwenden.« – »Und was tat Gretchen während der angenehmen Unterhaltung, die sie ihr in der verschlossenen Kalesche machten?« – Vermutlich das nämliche, wiewohl aus einer anderen Ursache. Denn als Paul bei unserer Ankunft auf der Station die Kalesche aufmachte, fand ich sie, in ihre Wagenecke gelehnt, so sanft schlafend, als das liebe Kind, seitdem sie aus der Wiege kam, nur jemals geschlafen haben konnte.

6.

Wer auf einer schlüpfrigen Bahn sich einigemal glücklich aufrecht erhalten und an einer besonders gefährlichen Stelle die Besonnenheit nicht verloren hat, setzt endlich seinen Weg mit Zuversicht und sogar behender fort, als wenn er sich auf einem ganz ebenen, sicheren Boden befände. Der Rest unserer Reise ging schnell und ruhig von statten, ohne solche kleine Unfälle und Fährlichkeiten, als ich bisher zu berichten hatte. Es war beinahe Nacht, da wir bei meinem Hause in der Stadt ankamen. Ich hatte bei mir selbst überlegt, daß es wohl schicklicher sein dürfte, Gretchen in einem benachbarten Gasthause unterzubringen, als sie in meine Junggesellenwirtschaft aufzunehmen. Gretchen selbst erwartete nichts anderes; denn als wir ausgestiegen waren, dankte sie mir sehr herzlich für die Güte, sie bis hieher geführt zu haben, und bat Paul ihr das kleine Bündel zu geben, das er in Verwahrung genommen; ihren Koffer wolle sie morgen früh abholen lassen.

»Die Mamsell«, sagte Paul, »wird doch nicht in eitler Nacht herumwandern sollen, um eine Schlafstelle in der großen fremden Stadt zu suchen? Da ist ja das ledige Bett in Jungfer Brigittens Zimmer, worin sie die Nacht recht gut zubringen kann.« – »Paul hat recht«, unterbrach ich Gretchen, die etwas erwidern wollte; »ich dachte nicht gleich daran. Sie dürfen den Vorschlag nicht ablehnen, Gretchen; die Anständigkeit selbst könnte gegen eine Schlafstelle in dem Zimmer meiner alten Haushälterin nichts einzuwenden haben.« »Aber, –« meinte Gretchen. – »Keine weiteren Umstände, Kind!« sagte ich und faßte ihre Hand, um sie die Treppe hinaufzuführen; »morgen früh wollen wir dann sehen, wo Sie etwa sonst wohnen können, wenn es Ihnen in dem Hause eines ehrbaren alten Junggesellen nicht länger gefällt.«

Jungfer Brigitte machte große Augen, als ich mit Gretchen in die Wohnung trat. »Ich bringe Ihr Gesellschaft, Brigitte«, sagte ich; »Mamsell Berger wird heute Nacht in Ihrem Zimmer schlafen; sorge Sie für ein reines Bett und eine freundliche Aufnahme.« – Die Alte schielte das holde Mädchen von der Seite an mit einer Miene, die wenigstens die letztere nicht versprach; aber Gretchen schloß sich mit einer so gemütlichen Unbefangenheit an die mürrische Hausregentin an, daß sich die Wolken auf der runzeligen Stirn nach und nach verzogen. Meine Einladung zum Nachtessen lehnte Gretchen bescheiden ab, weil sie mit Jungfer Brigitten auf ihrer Kammer zu bleiben wünsche. Die Frauenzimmer verließen mich, bald auch mein alter Paul, der noch eine Menge Dinge für unsere schöne Hausgenossin zu besorgen hatte.

So hatte ich denn, beinahe ohne mein Zutun, das liebenswürdige Geschöpf unter meinem Dache, mit dem ich seit zwei Tagen so lebhaft beschäftigt war! Die Vorstellung hatte etwas überaus Anmutiges für mich, ungeachtet des kleinen Beisatzes von Schwermut, der sie begleitete. »Morgen«, sagte ich still zu mir selbst, »morgen geht sie hin, sich ihrer künftigen Herrschaft zu zeigen. Man wird sie annehmen; wer tät' es nicht mit Freuden? – Gut, dann ist alles vorbei, – die Erinnerung ausgenommen, die, wie angenehm sie auch ist, mich hoffentlich nicht im Schlafe stören wird.« –

Am anderen Morgen erzählte Paul, als er mir das Frühstück brachte, daß Mamsell Gretchen schon ausgegangen sei, ihren Besuch bei Frau von Reichard zu machen. Es verdroß mich fast, daß sie weggegangen war, ohne mir zuvor guten Morgen zu sagen; aber ich besann mich, daß dies jetzt ohnehin aufhören müsse. – Paul störte hier und da in meinem Zimmer herum und konnte nicht fortkommen. Das ist seine Art so, wenn er etwas auf dem Herzen hat.

»Es ist doch schade«, fing er endlich an, »daß so ein liebes, gutes Mädchen bei wildfremden Leuten dienen soll.« »Man dient meist bei fremden Leuten«, sagte ich; »es ist ein anständiges Haus und ein ziemlich leichter Dienst, wie ich von Gretchen selbst weiß, sie wird mehr zur Gesellschaft einer erwachsenen Tochter als zur Bedienung in dem Hause sein.« – »Wer weiß«, fuhr Paul fort, »was für eine widerwärtige Zierpuppe das ist! Sonst freilich könnte sie von Gretchen lernen, wie sich ein junges Mädchen zu betragen habe, um Gott und aller Welt angenehm zu sein.« – »Dir wenigstens, Paul«, erwiderte ich lächelnd, »ist das Mädchen wirklich sehr angenehm, wie es scheint.« – »Ei, das gesteh' ich!« war seine Antwort. »Und Ihnen, Herr, ist sie's auch; das merkt man wohl. An Ihrer Stelle ließe ich das liebe Kind gar nicht mehr aus dem Hause.« – »Aber was willst du denn, Paul, daß ich mit dem Mädchen anfange? Ich werde doch in meinen Jahren nicht noch eine Gouvernante für mich aufnehmen sollen?« – »Es wäre vielleicht so übel nicht«, erwiderte er lachend; »so eine hübsche, junge Gouvernante käme mit uns alten Knaben wohl auch noch zurecht.« – »Ernsthaft, Monsieur Paul, wenn ich bitten darf!« – »Und die Wirtschaft«, fuhr er fort, »versteht sie aus dem Fundament. Fragen Sie nur Jungfer Brigitten, die sonst nicht leicht einem anderen Frauenzimmer, besonders einem so jungen und hübschen, Gerechtigkeit widerfahren läßt.« – »Ich soll doch nicht etwa Brigitten wegschicken, um Gretchen an ihrer Statt zu behalten? Hat das die wackere alte Person um uns verdient, Paul?« – »Das will ich eben nicht sagen«, erwiderte Paul; »aber sehen Sie, Herr, da hätte ich einen anderen Gedanken. Draußen auf Ihrem Gute ist doch keine rechte Aufsicht, in der *inneren* Wirtschaft, meine ich, was Haus, Küche, Milchkammer, Hühnerhof und dergleichen betrifft. Ihr Vetter, der junge Herr Max, den Sie als Ökonomen hinausgesetzt haben, ist wohl ein tüchtiger Mensch; aber der treibt sich den ganzen Tag in Feld und Wald herum; da tut denn indessen das Gesinde, besonders das weibliche, eben was es will. Nun meine ich, wenn Sie Gretchen draußen zur Beschließerin machten, so wäre dem Übel abgeholfen; und wenn wir dann von Zeit zu Zeit hinauskämen, so brauchten wir Brigitten nicht mitzunehmen und hätten dort die angenehme Gesellschaft noch in den Kauf obendrein.«

»Sieh, sieh, was der Paul für artige Projekte macht«, sagte ich, dem Einfall nachsinnend, und ging zur Tür hinaus, um einige Bekannte in der Stadt zu besuchen.

7.

Als ich an den ausgeschmückten Kaufmannsbuden vorüberging, fielen mir einige Läden mit Modewaren und Stoffen zur weiblichen Kleidung mehr als sonst in die Augen. Ich blieb dabei stehen und betrachtete manches Stück genauer, um seine Bestimmung zu erraten oder seinen Wert näher kennen zu lernen. – Es wäre doch eine Artigkeit, dachte ich, und könnte dem lieben Mädchen gerade jetzt wohl auch gelegen kommen, wenn ich einige nützliche und hübsche Sachen für sie einkaufte und ihr ein Geschenk damit machte. – In dieser Absicht trat ich in ein Gewölbe und suchte allerlei aus, mit dem Auftrag, es in mein Haus zu bringen. Es war so ziemlich alles, was zu einem vollständigen weiblichen Anzuge gehört; als ich aber gleich darauf an einem eleganten Schuhladen vorbeikam, fiel mir ein, daß ich dieses interessante Kleidungsstück vergessen hatte. Unerwartet machte ich die mich selbst belustigende Bemerkung, daß ich mir einbildete, das Maß ihrer niedlichen Füßchen, welches ich nur beim Aus- und Einsteigen in den Wagen etwas näher erwogen hatte, bestimmt genug zu kennen, um die passendsten Schuhe für sie herauszufinden. Auf die Gefahr, es recht getroffen zu haben, ließ ich einige Paar Schuhe und das zierlichste Paar Pantöffelchen zusammenpacken und nahm sie gleich selbst mit mir.

So beladen, machte ich geschwind meine Besuche, zum Glück nur bei ein paar Männern, denen so etwas weniger auffällt. Einer von ihnen, ein Herr, der in der schönen Welt gelebt hat, konnte sich dennoch nicht enthalten, das Paket, welches neben meinem Hute lag, in der Zerstreuung des Gespräches etwas näher zu untersuchen. Er fuhr mit unterdrücktem Lachen zurück, als er den Inhalt gewahr wurde. – »Es ist richtig!« hörte ich ihn bei Seite murmeln. – »Was ist richtig?« fragte ich ziemlich barsch; denn ich hatte zugleich seine unschickliche Neugierde bemerkt. – »Daß Sie eine Liebste von der Reise mitgebracht haben«, antwortete er lachend; »man hat mir das heute schon am frühesten Morgen erzählt.« – »Über die Krähwinkler!« rief ich aus. »Ich wette, es steht morgen schon in allen Unterhaltungsblättern. Wenn Sie wissen wollen, was es mit dieser *Liebsten* für eine Bewandtnis hat, so speisen Sie diese Tage bei mir; da will ich Ihnen die große Stadtneuigkeit vom Anfang bis zum

Ende erzählen.« Mit diesen Worten nahm ich mein Paket und ging unwillig meines Weges.

Ich kam gegen Mittag noch ziemlich ärgerlich nach Hause und erfuhr, daß Gretchen indessen da gewesen sei und dem ehrlichen Paul auf sein Andringen mit großem Leidwesen entdeckt habe, ihre Hoffnung, bei Frau von Reichard angenommen zu werden, sei vereitelt. Die näheren Umstände würde sie mir selbst sagen, wenn sie wiederkäme. Jetzt sei sie auf die Polizei gegangen, um ihren Paß vorzuzeigen und eine Sicherheitskarte zu erhalten, was man ihr als notwendig zu ihrem längeren Aufenthalte vorgestellt habe. – Paul jubelte beinahe, als er mir Gretchens Unfall erzählte. »Ich wußte ja«, rief er, »daß es so kommen müßte! Gretchen kann gar nirgends bleiben als bei uns; das war da oben schon vom Anfang her so bestimmt.« – »Seltsam!« sagte ich, halb für mich, »fast möchte ich es selbst glauben. Aber das würde einen schönen Lärm in der Stadt geben!« – »Possen!« fiel mir Paul ins Wort; »was brauchen wir uns um das Gerede der Stadt zu bekümmern? Ist sie etwa kein ehrbares Mädchen? Für die legte ich die Hand ins Feuer.« – »Das tät' ich nötigenfalls auch, Paul! Nun wir wollen sehen! – Da, lege dies Paket zu den übrigen Sachen, die indessen gekommen sein müssen.« – »Ja, wohl sind sie gekommen«, sagte Paul mit lachendem Munde; »aber wissen Sie, Herr, was geschah? Brigitte hat die schönen Zeuge und Bänder gesehen und gleich vermutet, daß sie für Mamsell Gretchen bestimmt wären. Das hat denn gewaltig böses Blut gemacht, wie ich merke. Sie hätte dem Mädchen ihr artiges Gesicht allenfalls verziehen, aber die hübschen Hauben und Bänder verzeiht sie ihr in ihrem Leben nicht.« – »Das mag sie, Paul! Laß es gut sein.«

Es währte lange, ehe Gretchen zurückkam. Endlich traf sie ein, sichtbar verstört, und bat, mit mir allein reden zu dürfen. – »Was ist geschehen?« fragte ich besorgt, als wir allein waren. – »O, mein Herr!« erwiderte sie und Tränen stürzten aus ihren Augen, »ich bin sehr unglücklich; – ich muß fort von hier und weiß nicht, wohin ich mich wenden soll.« – »Wie das? Reden Sie, liebes Gretchen!« – Sie erzählte mir nun, Frau von Reichard habe sie zwar gütig empfangen, ihr jedoch gesagt, daß der Zweck, zu welchem sie Gretchen hätte in das Haus nehmen wollen, aufgehört habe, indem ihre Tochter in wenig Wochen heiraten würde, hievon habe sie auch Gretchens Tante schon vor vierzehn Tagen benachrichtigt, aber der Brief sei während der Reise der letztern wahrscheinlich verloren gegangen. Auf Gretchens Bitte, sie einer anderen Dame zu empfehlen, habe Frau von Reichard sie an eine Madame Miller gewiesen, welche viele Bekantschaften in der Stadt habe und sich mit solchen Geschäften abgebe. Madame Miller habe ihr geraten, sich fürs erste mit einer Aufenthaltskarte zu versehen und dann wieder bei ihr anzufragen. Sie sei deshalb auf die Polizei gegangen, wo man ihr jedoch erklärt habe, der Aufenthalt in der Stadt könne ihr nur gestattet werden, wenn sie sich über die Mittel ihres Erwerbes und eine anständige Beschäftigung hinlänglich ausweisen könne. Man habe ihr Mißtrauen blicken lassen und ihr endlich unverhohlen gesagt, daß sie die Stadt innerhalb dreier Tage längstens wieder verlassen müsse. Sie habe es nicht gewagt, mit dieser Nachricht zu Madame Miller zurückzukehren, und getraue sich auch nicht, die kleine Stube in der Vorstadt zu beziehen, die ihr Jungfer Brigitte empfohlen habe; denn auf dem Wege hieher sei sie von zwei Männern verfolgt und sehr zudringlich um ihre Wohnung befragt worden; sie fürchte sehr, diese Herren führen nichts Gutes gegen sie im Schilde.

»Das wäre leicht möglich«, sagte ich lächelnd. »Seien Sie ruhig, Gretchen! Das alles hat wenig zu bedeuten. Ihre Sache bei der Polizei nehme ich auf mich. Sie sollen die Stadt nicht verlassen, wenn Sie nicht selbst wollen; dafür steh' ich Ihnen.«

8.

Diesmal mußte Gretchen meinen Willen tun und tête-à-tête mit mir speisen. Sie war zu mutlos, um auf ihrem Verlangen, bei Brigitten bleiben zu dürfen, lange zu bestehen. Ich tat, was ich vermochte, um sie aufzuheitern. Paul, der sich beim Aufwarten um uns geschäftig machte, und so einen Teil von Gretchens Besorgnissen erfuhr, unterstützte mein Vorhaben aus allen Kräften. Er spottete gutmütig über ihre Furchtsamkeit und machte sich besonders über die Herren von der Polizei lustig, die sich auf der Straße so angelegentlich um Gretchens Wohnung erkundigt hatten. »Solcher Polizeispione«, sagte er, »haben wir zehn- bis zwölftausend hier, deren Hauptgeschäft es ist, hübschen Mädchen auf allen Wegen und Stegen nachzuspüren. Ja, Mamsellchen, *die* machen Ihre Wohnung ausfindig, und wenn sie in einem Winkel der schmutzigsten Vorstadt versteckt wäre.« – Gretchen wurde feuerrot; sie erriet, daß sie die Absicht der beiden Männer mißverstanden habe, und fing an, sich ihrer zu großen Ängstlichkeit überhaupt zu schämen. Allmählich wurde sie ruhiger, doch blieb immer noch eine Spur von Nachdenken und Sorglichkeit auf ihrem schönen Gesichte.

Als uns Paul auf einige Augenblicke verließ, machte ich ihr den bestimmten Antrag, noch einige Tage in meinem Hause zu bleiben, wo sie vollkommen sicher wäre. In der Zwischenzeit fände sich vielleicht eine andere Aussicht, wobei ja auch Madame Miller zu Rate gezogen werden könnte. Gretchen hörte mir mit gesenkten Blicken zu; endlich sah sie auf und mit dem Ausdrucke großer Innigkeit, worein sich einige Wehmut mischte, sagte sie: »Was soll ich Ihnen antworten, teurer Herr? Ich kann Ihre Güte nicht entbehren und ich muß fürchten, sie schon mißbraucht zu haben. Alles, was mir seit kurzem begegnet, scheint darauf abgesehen, mein ganzes Schicksal in die Hände eines großmütigen Mannes zu legen, dem ich vor zwei Tagen noch völlig fremd war. In allem dem ist etwas Außerordentliches, daß ich mich nicht zu fassen weiß und vor dem Glück, welches mich Sie finden ließ, beinahe nicht weniger erschrecke als vor den Unfällen, die mich betroffen haben.« – »Wie, Gretchen«, sagte ich, »sollten Sie mir mißtrauen?« – »Ich Ihnen mißtrauen?« rief sie. »Wäre ich dann noch Ihres Schutzes und der sichtbaren Vorsorge des Himmels wert, der Sie mir in meiner größten

Trübsal als einen seiner Engel gesandt hat? Aber ach, mein Herr! es ist ein so drückendes Gefühl, so ohne alle Selbständigkeit und bloß von fremder Hilfe abhängig, in der Welt zu sein!«

Ich wollte antworten; da brachte Paul den Kaffee, welchen mir Gretchen einschenkte. Während ich zerstreut dastand und meine Tasse schlürfte, war sie an das Fortepiano getreten und machte stehend ein paar Gänge auf den Tasten. »Wie?« rief ich; »Sie sind musikalisch?« –

»Ein wenig«, war ihre Antwort; »meine Tante liebte die Musik und gab mir selbst Unterricht darin.« – »O, spielen Sie doch dem Herrn etwas vor«, sagte Paul, ihr einen Stuhl setzend, »er hat das gar zu gern«. – Sie spielte einige bekannte Melodien mit vieler Präzision und Leichtigkeit. Ich schlug eine Sonate auf, die eben auf dem Pulte lag. – »Das ist wohl etwas schwer?« sagte sie, lächelnd zu mir aufsehend, »aber ich will versuchen, wie weit ich darin fortkomme.« – Sie machte vorspielend einige Passagen, fing dann die Sonate zuerst unsicher an, kam aber bald in den Gang und überraschte mich endlich durch die Richtigkeit und den Ausdruck ihres Spieles, das besonders am Ende einige recht glänzende Momente hatte. »Bravissimo!« rief Paul. – »Wirklich, sehr brav!« sagte ich; »aber Sie kannten die Sonate schon früher?« – »Nein«, gab sie zur Antwort; »von neuer Musik bekamen wir selten etwas zu sehen. Meine Tante hielt mich vorzüglich an, die Werke von Bach, Scarlatti und Mozart zu spielen, die sie noch von ihrer Jugend her besaß.« – »Nun, Gretchen«, sagte ich, »mit diesem Talent schon allein sind Sie hier nicht ohne Stütze. Fassen Sie Mut, liebes Kind! Sie sind nicht so hilflos und abhängig in der Welt, als Sie sich vorstellen.«

Dieser Gedanke schien besonders wohltätig auf Gretchens Gemütsstimmung zu wirken. Die letzte Spur von Trübsinn war aus ihren Gesichtszügen verschwunden. Sie blätterte in meinen Musikalien herum und legte einiges davon beiseite. Wenn ich es erlaube, sagte sie, wolle sie abends noch ein paar Stücke durchspielen. Darauf machte sie mir ihren anmutigsten Knix und hüpfte zur Tür hinaus.

»Charmantes Mädchen!« murmelte Paul und ich mußte mir Gewalt antun, um es nicht laut zu wiederholen. – »Wissen Sie, Herr«, fuhr er, sich vertraulich zu mir wendend, fort, »was ich ausgedacht habe?« – »Nun?« – »Ich habe den Frauenschneider aus dem oberen Stockwerk herabbestellt, um die schönen Sachen zu übernehmen, die Sie für Gretchen gekauft haben. Er versprach mir, in der Nacht aufzusitzen, damit der Anzug bis morgen fertig werden könne.« – »Welch ein Einfall!« sagte ich halb unwillig; »es ist jetzt nicht Zeit, von dieser Armseligkeit mit Gretchen zu reden.« – »Sie soll es ja noch gar nicht wissen«, antwortete er hastig; »das ist eben das Feine von der Sache. Ich habe dem Schneider das Kleidchen gewiesen, das Gretchen gestern abends auszog; er braucht nun weiter kein Maß zu nehmen, wie er sagt.« – »Nun, wenn's so ist!« – »Ja wohl, Herr! Und ich will die Sachen nun gleich selbst hinauftragen, so merkt die Alte nichts davon; die verdürbe uns sonst den ganzen Spaß.«

Ich setzte mich an Gretchens Stelle an das Fortepiano und durchlief, nicht ohne sympathetische Empfindung, die Tasten, die ihre Finger berührt hatten. Ein Satz aus der Sonate, welche sie gespielt hatte, wurde unvermerkt das Thema, worüber meine Phantasie sich in unregelmäßigen Variationen ergoß. Die Ideen strömten mir in ungewöhnlicher Fülle und Klarheit zu; ich habe vielleicht nie so gut gespielt, wenigstens nicht mit so lebendigem Ausdruck. Als ich von ungefähr aufsah, glaubte ich im Spiegel Gretchens Köpfchen, mit schalkhafter Neugier durch die Tür horchend wahrzunehmen. »Warte, Schelm!« rief ich, mich umwendend. Sie war es wirklich, zog sich aber schnell zurück und schlug die Tür zu. Nun war es um mein ruhiges Phantasieren geschehen. Ich sprang auf und ergriff meinen Hut, um meinen aufgeregten Gefühlen durch einen Gang im Freien Luft zu machen.

9.

Es war ein ziemlich heißer Tag. Das Gewühl in den Straßen schien mir lästiger als gewöhnlich. Ich stieg in einen Fiaker, der am Wege stand. »Wohin, Ew. Gnaden?« fragte freundlich der Kutscher, den Schlag offen haltend. – »Ja so! Wohin du willst, in den S**ischen Garten meinetwegen!«

»Wohin du willst«, sagte ich, in den sanft schaukelnden Wagen zurückgelehnt, »wohin du willst, freundlicher Fährmann Zufall! Hab ich denn einen anderen Weg, als den du mich führtest bis hieher und der jetzt lockender als je durch blumige Auen und frischbelaubte Hügel sich hinzieht? Wo das Ziel ist, ob wir's erreichen – ich weiß es nicht. Aber ihm zu *folgen*, so weit Natur und Unschuld uns begleiten, – wer könnte sichs versagen?«

Der Garten war beinahe leer von Menschen. Ich schlenderte, mich meinen Gedanken überlassend, in den schattigen Gängen umher und setzte mich endlich vor einem blühenden Rosengebüsche, welches ein Kranz von Pinien umfaßte. Die sinnige Zusammenstellung, welche in ihrer symbolischen Bedeutung *den Reiz des Lebens durch den Ernst der Betrachtung* zu erhöhen schien, machte, wiewohl kein neuer Gedanke der Gartenkunst, Eindruck auf mich und deuchte mir Beziehung auf meine und Gretchens Lage zu haben. »Die Rosen gedeihen in dieser Nachbarschaft«, sagte ich zu mir selbst; »sie finden Schutz unter dem befreundeten Baume, dessen melancholischen Ernst sie erheitern und der, nach oben strebend, der Luft und dem Lichte Zugang zu ihnen läßt, aber nicht den Stürmen und der brennenden Hitze des Tages.

Warum, wenn ihr unbefangenes Herz der Neigung nicht widerstrebt, die still und mächtig mich zu ihr hinzieht, warum wäre es denn Torheit, dem süßen Hange zu folgen? Will ich nicht ihr Glück und besitz' ich nicht, was es ihr sichern kann? – Die Jugend? – Elender Notbehelf der Gemeinheit! Wird sie vermissen, wovon ihre reine Seele nichts ahnet? – Und bin ich denn ein Greis? Klopfen diese Pulse nicht oft noch allzu rasch? Trag ich mein ungebleichtes Haupt weniger frei und aufrecht, weil es nicht so leer an Urteil und Erfahrung ist als der schwindelnde Kopf eines Jünglings? – Laß uns den Zweck der Weisheit nicht verlieren, Samuel, aus eitler Furcht vor der Torheit! Nicht erzwingen will ich das Glück des Lebens, nicht mit List und Mühe erjagen; aber es fröhlich hinnehmen, wenn es von selbst sich mir darbietet.«

Rasch erhob ich mich und ging auf das Rosengebüsch zu, um die jüngste und schönste der erst entfalteten Knospen zu pflücken und sie zum Andenken dieser Stunde an meine Brust zu stecken. Mit munteren Schritten durchstreifte ich noch einmal die verschiedenen Partien des Gartens; da stieß mir unvermutet ein alter Bekannter auf, der, wie ich wußte, vor kurzem eine Frau genommen hatte. Der Mann ist wenig jünger als ich und ich habe ihn stets für einen recht verständigen Menschen gehalten. Er erzählte mir, wie glücklich er in seinem neuen Stande sei, fragte nach meiner ländlichen Besitzung und war sehr verwundert, daß ich so selten dahin käme; er seinesteils, versicherte er, habe keinen sehnlicheren Wunsch als den, seine übrigen Tage mit seinem jungen Weibchen auf dem Lande zubringen zu können. – Wir trennten uns nach einer ziemlich langen Unterhaltung, welche für mich mehr Interesse hatte, als mein Gesellschafter wußte oder vermuten konnte.

Es war beinahe Abend, als ich nach Hause kam. Paul, der mir in der Tür begegnete, gab mir lächelnd ein Zeichen, daß ich ohne Geräusch in mein Zimmer treten möchte. Ich tat es und sah Gretchen an meinem Schreibtische sitzen. Leise näherte ich mich und faßte sie sanft an den Schultern. Sie sah etwas erschreckt zurück, lächelte aber, als sie mich erkannte so anmutig zu mir empor, daß ich nicht umhin konnte, einen flüchtigen Kuß auf ihre Stirn zu drücken. »Darf ich wissen, was Sie schreiben, liebes Kind?« sagte ich. – Sie reichte mir das Blatt hin. Es war ein Brief an den Gerichtshalter ihrer Heimat, der, wie ich erfuhr, zugleich ihr Vormund war, aber sich stets sehr wenig um sie bekümmert hatte. Der Brief betraf die Erbschaftssache ihrer Tante; er war zweckmäßig und mit einer zierlichen Hand geschrieben. Sie könnte, bemerkte ich, Schreib- und Musikmeisterin sein, sobald sie wollte. – »Glauben Sie wirklich«, sagte sie vergnügt, »daß ich geschickt genug wäre, als Lehrerin oder Gouvernante in einem kleinen bürgerlichen Hause einzutreten?« – »Hätten Sie denn Neigung zu einem solchen Geschäfte?« erwiderte ich. »Es ist eben nicht das Harmloseste.« – Auf ihre Neigung, meinte sie, komme es hiebei nicht an; diese habe sie auch nicht in die Stadt geführt; sie wäre lieber auf dem Lande geblieben; aber sie müsse für ihren Unterhalt sorgen und man habe ihr gesagt, auf diese Weise könne es hier vielleicht am ehesten geschehen.

»Wie aber«, sagte ich nach einigem Stillschweigen, »wenn sich eine Stelle für Sie fände, frei von den lästigen Rücksichten, welche den Aufenthalt in den sogenannten guten Häusern oft so unangenehm machen, mit einer einfachen, Ihrer ehemaligen Lebensweise angemessenen Beschäftigung, wobei Sie zugleich mehr von sich selbst als von anderen abhängig wären, nicht in der Stadt, sondern auf dem Lande und in einer der schönsten Gegenden, die man sehen kann?« – Gretchen wurde sehr aufmerksam. »Und worin bestände diese Beschäftigung?« fragte sie. – »In der Aufsicht über das Innere einer kleinen Landwirtschaft«, antwortete ich, »die – einem meiner Freunde gehört; einem Manne ungefähr von meiner Art und meinem Alter, der Sie mit der größten Achtung behandeln und Ihre Einsamkeit selten oder nie durch seine Gegenwart stören würde, es wäre denn, daß Sie es selbst wünschen sollten.« – Das liebe Mädchen war abwechselnd blaß und rot; sie schien meine Gedanken zu erraten und auch wieder zweifelhaft darüber zu werden. »Und glauben Sie«, sagte sie, »daß es sich für mich schickte, diese Stellung anzunehmen?« – »Wie ich das Haus und die Gesinnung meines Freundes kenne, allerdings!« war meine Antwort. – Sie sah eine Zeitlang still vor sich hin. – »Nun Gretchen?« sagte ich, indem ich sie leicht umfaßte. – »Muß ich mich sogleich entschließen, mein väterlicher Freund?« fragte sie, mit kindlichem Vertrauen zu mir aufblickend. – »Nein, Liebe! Sie sollen es überlegen.« – »Tausend Dank!« erwiderte sie schnell; »und nun gute Nacht, lieber Herr!« – »Schon fort? Und keinen herzlicheren Abschied von Ihrem Freunde?« – Unbefangen reichte sie mir die Wange hin. Meine Lippen suchten die ihrigen. Es war eine geistige Berührung, rein und innig. – Sanft machte sie sich los und mit einem holdseligen Blick auf mich eilte sie aus dem Zimmer. – »Gute Nacht, Gretchen!« rief ich ihr nach. – »Gute Nacht!« hört' ich, kaum vernehmbar.

10.

»Wo bleibst du, Paul?« rief ich meinem Alten am andern Morgen entgegen; »ich habe schon dreimal geschellt.« – »Herr, es ist noch nicht fünf Uhr; ich bin erst aufgestanden.« – »Warum nicht gar?« sagte ich und sah nach meiner Uhr. Sie stand still; ich hatte vergessen, sie aufzuziehen. »Was befehlen Sie, Herr?«

»Nun, wenn es noch so früh ist! – Ich wollte dich fragen, ob der Schneider Gretchens Anzug gebracht hat.« – »Nein, Herr! Doch, ob er fertig ist, kann ich gleich sehen; er ist gewiß wach und sitzt an seiner Arbeit.« – »Laß sein, Paul! Es könnte Aufsehen im Hause machen.« – »Nicht im geringsten! Brigitte war schon auf den Beinen und wollte eben ausgehen, als ich hereinkam. – Hören Sie? Die Haustür wird auf- und zugeschlossen. – Die Alte ist fort und Gretchen sitzt vermutlich bei ihrer Näherei; die merkt nicht auf uns. – Ich bin gleich wieder da, Herr!«

Ich warf mich geschwind in einen Überrock. Die Turmuhren schlugen fünf. Lächelnd trat ich vor meine Spieluhr und zog sie auf. »Wenn wir die Zeit vergessen«, sagte ich, »sind wir am glücklichsten. Sollten wir sie aber vergessen?« – Die Rose fiel mir in die Augen, die neben der Uhr in einem Glase Wasser stand; sie war über Nacht frisch aufgeblüht. Unwillkürlich neigte ich mich zu ihr herab. »Es ist der Hauch ihres Mundes«, sagte ich und meine Lippen berührten leise die zarten Blätter, – »aber es ist nicht ihre *Seele*, was mir darin begegnet!«

Paul kam voll Freude mit dem fertigen Anzuge. »Soll ich ihn ihr bringen?« fragte er hastig. »Ja, Paul! Aber nimm dort das feinste Paar Schuhe dazu; sie werden ihr passen, denk ich. Sag ihr, ich ließe sie bitten, dies zu meinem Andenken zu tragen und, wenn es ihr nicht unbequem wäre, die Schuhe sogleich anzuziehen.« – »Das soll sie wohl, Herr!« erwiderte Paul und eilte davon.

Nach einer kleinen Weile erschien Paul wieder unter der Tür, die er offen ließ, mir heimlich und vergnügt zuwinkend, daß ich herauskommen und ihm folgen möchte. Er ging vor mir her mit großen Schritten, aber auf den Zehen, und gab mir drollig zu verstehen, es ihm nachzutun. So kamen wir vor Gretchens Kammertür, welche gleichfalls offen stand. »Sehen Sie einmal«, flüsterte er mir zu, »das liebe Mädchen schläft noch. Ich habe ihre alten Kleider weggenommen und die neuen dafür hingelegt; nun muß sie wohl die unsrigen anziehen.« – Sie lag, den schönen Kopf etwas zurückgebeugt, züchtig in ihre Decke eingehüllt, in gerader Stellung, nur das rechte Knie ein wenig heraufgezogen, wodurch unter der straff anliegenden Hülle die zierliche Form ihres Beines sichtbar wurde. Ich warf einen fast eifersüchtigen Blick auf den Alten, der das reizende Schauspiel mit mir teilte. – Jetzt schien sie sich zu regen; schnell ergriff ich Pauls Hand, und indem ich ihn mit mir fortzog, schloß ich die Tür ziemlich laut hinter uns. In dem Augenblick hörten wir ein Geräusch in der Kammer und schlichen auf den Zehen davon, wie wir gekommen waren.

»Du magst sehen«, sagte ich etwas ernsthaft, »wie du deinen Einfall bei Gretchen gut machst; denn schwerlich wird sie auf eine angenehme Weise davon überrascht sein. Sobald sie sichtbar ist, melde ihr, welchen Auftrag ich dir gab und daß alles übrige deine eigene Erfindung war.« – »Ei«, erwiderte Paul ziemlich trotzig, »das will ich schon noch ausfechten; war es doch in allen Ehren gemeint.«

»Ob nicht der kleine Teufel Asmodi in den alten Kerl gefahren ist?« sagte ich zu mir selbst, als er fort war. »Was er seit drei Tagen tut, scheint ganz darauf angelegt, mich Hals über Kopf in ein Meer von Liebe hineinzustürzen, während ich nichts anderes im Sinne hatte, als an seinen blumigen Gestaden in aller Unschuld und Freiheit zu lustwandeln. Wenn ich dies unruhige Herzklopfen recht verstehe, so mengt sich etwas in meine Empfindungen, wogegen meine horazische Weisheit schwerlich wird standhalten können. Nimm dich in acht! Ich fürchte, du wirst bald gar nicht mehr wissen, *wie es an der Zeit ist; deine Jahre* hast du schon halb und halb vergessen.«

»Nun, Herr, alles ist gut!« rief Paul, als er nach geraumer Zeit munter hereintrat. »Aber Sie hatten recht; Gretchen fand meinen Einfall gar nicht fein. Mit genauer Not hab ich verhindert, daß sie unsere neuen Kleider wieder ablegte, sobald sie die ihrigen zurückerhalten hatte. Bloß die Vorstellung, welche Freude es *Ihnen* machen würde, sie in dem Anzuge zu sehen, schien sie nach und nach zu besänftigen. Sie wird kommen, glaub' ich, Ihnen für das Geschenk zu danken. Nu, ich will nichts verraten: aber sie sieht aus – wunderschön! Und die Schuhe passen auf ein Haar; danach hab' ich gleich geguckt.«

»Asmodi!« murmelte ich zwischen den Zähnen, – »hebe dich hinweg, Versucher!« Da ging die Tür auf und Gretchen trat mit dem Frühstück herein. Meine unsicheren Blicke glitten von der reizenden Gestalt ab und blieben am Boden haften, so daß die netten Füßchen das erste waren, was mir in die Augen fiel. Paul hatte recht; die Schuhe paßten wie angegossen. – Gretchen lispelte einige Worte von Dank. Ich sah auf und fühlte, daß mir das Blut ins Gesicht stieg, während sie selbst über und über glühte. »Ich danke Ihnen, Gretchen«, stotterte ich, »daß Sie meinem Wunsche nachgegeben haben; wenn ich jedoch ganz zufrieden sein soll, so bitte ich Sie, dieser unbedeutenden Sache nicht mehr zwischen uns zu erwähnen.«

»Mamsell Gretchen! Mamsell Gretchen!« rief Brigitte durch die halbgeöffnete Tür. – »Was gibt's denn, Jungfer Brigitte?« brummte Paul. – »Es ist ein Frauenzimmer hier«, sagte die Alte gar freundlich, »das mit Mamsell sprechen will. Kommen Sie doch heraus, liebes Kind!«

»Liebes Kind!« äffte Paul der Alten nach, als sie mit Gretchen fort war. »Haben Sie das Fratzengesicht gesehen, Herr, das die alte Trude dazu machte? Ich bin doch begierig, was das für ein Besuch ist.«

Paul ging und kam nach einiger Zeit sehr übellaunig zurück. Eine Madame Miller sei da, erzählte er, und schon eine gute Weile mit Gretchen eingeschlossen. Nach Brigittens Äußerungen, welche sehr vergnügt scheine, vermute er, daß von einem Dienstantrage für Gretchen die Rede sei. Er wollte wetten, die ganze Sache sei von der Alten angestiftet und stehe mit ihrem heutigen frühen Ausgange in Verbindung. Sie werde auch nicht ruhen, setzte er hinzu, indem er wieder wegging, bis sie das liebe Mädchen aus dem Hause vertrieben habe.

Pauls Vermutungen schienen nicht unbegründet. Nach einigen Minuten trat Gretchen selbst in mein Zimmer, etwas nachdenklich und, wie ich mit Verwunderung bemerkte, zum Ausgehen bereit. Sie bestätigte mir, daß Madame Miller dagewesen und ihr einen Dienst angeboten habe; zugleich habe sie ihr gemeldet, daß Frau von Reichard sie noch diesen Vormittag zu sprechen wünsche. – »Und was werden Sie tun, Gretchen?« fragte ich, nicht ohne Besorgnis. – »Hören, was mir die gnädige Frau zu befehlen hat«, erwiderte sie ganz ruhig. – »Und wegen des Dienstantrages?« – »Ich habe der Madame Miller gesagt, daß ich ihr noch keine bestimmte Antwort geben könne.« – »Gutes, liebes Gretchen! Sie dachten also meinem Vorschlag nach?« – »War es denn wirklich Ernst damit?« sagte sie mit lächelnd prüfender Miene. – »So vollkommen Ernst, liebes Kind, daß Sie Ihre Stelle antreten können, *sobald* Sie wollen.« – »Und der Herr, dem die Wirtschaft gehört, wird er auch so viel Vertrauen in mich setzen als Sie und kann *ich* es – in *ihn* ?« – »Ich denke, ja!« – »Wenn das ist«, sagte sie nach kurzem Besinnen, »so bestimmen Sie über mich, wie Ihnen gut deucht«, – und fort war sie.

»Sie ist ein Engel!« rief ich, – »und ist *dein*, Samuel! Dein! Hast du das verdient, Ungläubiger?« – – Ich klingelte Paul, um mich vollends anzukleiden; denn ich wollte einen Gang durch die Stadt machen. »Gib acht«, sagte ich zu ihm, »was Brigitte etwa Neues ausheckt; das erste, worüber sie brütete, waren Windeier.« – »Wissen Sie das so gewiß, Herr? Die alte Katze sieht mir so lauernd und unheimlich aus; ich glaube, die ärgsten Tücken hat sie noch im Hinterhalt.« – »Bah, bah! Was können ihre Tücken uns am Ende schaden?« – »Uns nicht, aber dem armen Gretchen! Ich bleibe dabei; Sie sollten die Mamsell auf Ihr Gut schicken; da wäre sie auf einmal geborgen.« – »So! – Höre, Paul, du hast doch Gretchen nicht von deinem Projekte vorgeplaudert?« – »Bewahre, sie weiß kaum, glaub ich, daß wir ein Gut haben.« – »Desto besser!« sagte ich, ihm lächelnd auf die Schulter klopfend. »Adieu, alter Projektmacher!«

11.

Ich trieb mich eine halbe Stunde in der Stadt herum. Als ich wieder zu meinem Hause zurückkam, sah ich den Baron S** im Tore stehen, einen alten Wüstling, der mir zuweilen die Ehre erweist, mich »seinen lieben Freund« zu nennen. – »Eh, lieber Freund!« rief er mich an, da er mich auf die Treppe zugehen sah, »sind Sie in dem Hause bekannt?« – »So ziemlich. Was steht zu Diensten, Herr Baron?« – »Sagen Sie mir, liebster Freund«, erwiderte er mit einem vertraulichen Lächeln, »kennen Sie das wunderhübsche Mädchen, das hier im Hause wohnt? Sie ist, wie ich höre, erst vor ein paar Tagen angekommen und soll einem alten Grillenfänger Gesellschaft leisten, der vermutlich gar nicht weiß, was er an ihr hat.« – »Wie sieht das Mädchen ungefähr aus?« fragte ich, an mich haltend. – Er beschrieb mir Gretchen ganz genau. – »Und wo haben Sie das Wunderkind gesehen?« fragte ich. – »Hier auf der Straße, Freund, schon zweimal; aber sie ist mir immer so schnell entwischt, daß ich nicht entdecken konnte, in welchem Stockwerke sie wohnt.« – »Ich kenne das Mädchen, Baron«, sagte ich trocken; »und, um es kurz zu machen, der Grillenfänger, dem sie Gesellschaft leisten soll, bin ich. Verlangen Sie sonst noch etwas, mein Herr?« – »Liebster Freund!« rief der Geck mit erzwungenem Lachen, »ich bitte tausendmal um Vergebung! Das war dumm, ich gesteh es, aber auch drollig; wie? Ha, ha, ha!« – Ich ließ ihn mit einem verächtlichem Blicke stehen und ging rasch die Treppe hinauf.

Das erste, was ich beim Eintritte in meine Wohnung hörte, war, daß Herr von Ebert, derselbe, welcher mir den Possen mit Gretchens Schuhen gespielt hatte, sich zum Mittagessen habe anmelden lassen. – »Sind denn heute alle Narren und Pflastertreter in Bewegung«, rief ich zornig, »um mich aus den Toren zu treiben? Geh sogleich hin, Paul, und sage Herrn von Ebert, daß ich heute unmöglich die Ehre haben könne, ihn zu bewirten.« – »Wenn er aber nicht zu finden ist und gerades Weges herkommt?« – »So – verwünscht! – so – bestelle Pferde, Paul, Pferde! Wir gehen aufs Land, Alter!« – »Juchhe! So ists recht!« rief Paul. »Gleich will ich Ihre Aufträge besorgen, die Pferde zuerst. Stehen Sie indes, Herr, wie Sie das liebe Mädchen trösten können, das in ihrem Kämmerchen sitzt und weint.« – »Sie weint, Paul? Was hat man ihr getan?« – »Ich weiß nicht; aber ich sagte Ihnen wohl, Herr, daß die alte Katze Brigitte ihre ärgsten Tücken noch im Nacken hätte.« An Brigitten vorbei, die eben herausging, eilte ich in Gretchens Zimmer. Sie kam mir mit einer freundlichen Begrüßung entgegen, aber ihre Augen und Wangen zeigten die frische Spur von Tränen. »Sie haben geweint, teures Gretchen!« sagte ich. »Verhehlen Sie mir nichts! Was ist geschehen?« – »Nichts, was mich erniedrigen oder das Vertrauen, das Sie mir einflößen, mindern könnte«, erwiderte sie mit großer Ruhe. – »Also doch etwas, das darauf abgesehen war? Sprechen Sie, liebes Kind; ich beschwöre Sie!« – Sie erzählte mir nun, daß Frau von Reichard sie anfangs mit einer befremdenden Rückhaltung und Feierlichkeit aufgenommen, sie an ihre brave Tante erinnert und den Anteil, welchen sie an Gretchen nehme, durch die freundschaftliche Verbindung, worin sie mit der Tante gestanden, gerechtfertigt habe. Hierauf habe sie verschiedene Fragen über Gretchens Bekanntschaft mit mir und über die Verhältnisse meines Hauses an sie gestellt. Da ihr Gretchen alles umständlich und aufrichtig erzählt, was sie selbst davon wisse, sei Frau von Reichard nach und nach zutraulicher und endlich recht freundlich und offen geworden. Die Dame habe meinem Rufe und Charakter Gerechtigkeit widerfahren lassen, sie aber doch ermahnt, gegen die Männer überhaupt auf ihrer Hut zu sein. Zum Schlusse habe ihr Frau von Reichard unverhohlen gesagt, man habe ihr Gretchens Aufführung verdächtig machen und sie als Werkzeug zu ihrer Entfernung aus meinem Hause gebrauchen wollen; sie halte es für ihre Pflicht, das allzu günstige Zeugnis zurückzunehmen, welches sie der Madame Miller erteilt habe, auch müsse sie Gretchen vor einer *anderen Person* warnen, die dabei hauptsächlich im Spiele sei.

»Abscheulich!« rief ich; »die boshafte Brigitte!« – »Verzeihen Sie der Verblendeten«, erwiderte Gretchen; »ich habe ihr verziehen. Sie fürchtet wahrscheinlich, durch mich von ihrer Stelle verdrängt zu werden, und fürchtet es vielleicht mehr aus Anhänglichkeit für Ihre Person als aus Eigennutz.« – »Die Elende!« sagte ich; »was hat ihr Küchenregiment mit Ihnen und mit den Absichten gemein, welche ich in Betracht Ihrer haben kann? Es gibt nur eine Stelle in meinem Hause, die – doch an diesem Orte nichts davon! Kommen Sie, edles Mädchen! Wenigstens soll der Rang, der Ihnen in meiner Wohnung gebührt, nicht länger durch eine niedrige Umgebung zweifelhaft gemacht werden. Sie haben mir Vertrauen bewiesen; ich will zeigen, daß ich dessen wert bin.« – Mit diesen Worten führte ich sie aus Brigittens Zimmer in das meinige, worin ich sie bat, sich bequem zu machen, indessen ich in meinem Kabinette einige Schreibereien zu besorgen hätte.

Paul kam zurück, mir zu melden, daß er meinen Auftrag bei Herrn von Ebert ausgerichtet habe und daß der Wagen in einer Stunde längstens hier sein werde. »Laß geschwind etwas zum Essen richten«, sagte ich, »dann packe das Nötige zusammen, was wir zu einem kurzen Sommeraufenthalte brauchen. Den Brief hier trägst du zu meinem Freunde, dem Doktor Morbach; ich werde künftige Woche auf ein paar Tage in die Stadt kommen, um das weitere mit ihm zu besprechen.« – »Gut, Herr!« – »He, Paul! Kein Wort zu Gretchen; und vergiß nicht, ihre übrigen Sachen aus meinem Schranke mitzunehmen, – auch die Pantöffelchen!« – Ich glaube, der alte Kerl lachte, wie mir das Wort entwischte; aber er nickte so treuherzig zurück, daß ich es gut sein ließ.

Das Mittagessen war bald vorüber. Ich beschäftigte Gretchen am Klavier, bis Paul mir einen Wink gab, daß angespannt sei. »Liebes Kind«, sagte ich, »wenn Sie es zufrieden sind, so fahren wir jetzt nach dem Landsitze meines Freundes. In dritthalb Stunden sind wir dort. Gefällt es Ihnen nicht, so bringe ich Sie heute noch in die Stadt zurück.« – Sie war überrascht, aber, wie ich zu bemerken glaubte, auf keine unangenehme Weise. »Ich habe mich in Herrn Brinks Hände gegeben«, sagte sie mit Anmut und Würde, »und will seinen Plänen nicht entgegen sein.« In drei Minuten saßen wir in dem Wagen und fuhren, ohne uns nach Jungfer Brigitten, die ganz bestürzt am Fenster stand, noch nach den Gaffern auf der Straße umzusehen, zu dem Stadttore hinaus.

12.

Ein froherer Emigrantenzug als der unsrige ward nicht leicht gesehen. Mir ging das Herz auf unter dem freien, heiteren Himmel; Gretchens liebliche Gesichtszüge wurden immer sprechender und lebendiger und Paul lachte und gestikulierte auf dem Kutscherbock, als ob er unklug werden wollte. – Der Weg wendete sich von der Hauptstraße ab gegen das Gebirge zu, an dessen Fuße er eine geraume Strecke hinläuft. Zwischen zwei Bergrücken, die von fern sich zu decken scheinen, öffnet sich seitwärts der Eingang in ein breites Tal, in dessen Tiefe meine kleine Besitzung liegt. Die Landschaft wird, wie man weiter hineinfährt, von hundert zu hundert Schritten romantischer und bilderreicher, bis der Eingang des Tales sich wieder zu schließen scheint und man sich In einem Kessel von terrassenförmigen Wiesengründen und waldigen Gipfeln befangen sieht. Gretchen, mit dem neuen Anblicke beschäftigt, war eine Zeitlang still; jetzt rief sie aus: »O, wie schön ist's hier! und die Gegend hat Ähnlichkeit mit meiner Heimat!« – »Wir sind dem Orte unserer Bestimmung nahe«, sagte ich; »das Gebäude am Abhang jenes Birkenwäldchens ist das Haus meines Freundes.« – Gretchen blickte mich mit freudestrahlenden Augen an; sie ließ ihre aufgehobene Hand auf meinen Arm sinken und ich glaubte einen leisen Druck zu empfinden. Es schien mir die Weihe meines Landhauses zu sein; jetzt erst hatte sein Besitz einen Wert für mich.

Der Wagen fuhr langsam auf dem nach und nach beschwerlich werdenden Wege hin, durch das kleine Dörfchen, ein paar schöne einzelne Bauernhöfe vorbei, bis an die Mühle, welche hart an meinen Garten stößt. Paul, von mir unterrichtet, stieg ab und ging voraus, um, wie er sagte, Herrn Max Spohr, dem Verwalter des Gutes, unseren Besuch zu melden. Wir mußten den ziemlich breiten, vom Regen stark angeschwollenen Waldbach durchfahren, über welchen einige Schritte oberhalb der Mühle ein leichter Steg für Fußgänger gebaut ist. Als wir am Haustore hielten, kam uns Paul mit der Nachricht entgegen, Herr Max habe Geschäfte beim Holzrechen und werde erst morgen wieder kommen; doch seien die Schlüssel zu den Zimmern vorhanden und er werde, da er hier Bescheid wisse, schon die Honneurs des Hauses machen. Gretchen sah mich lächelnd an, als ob sie erwartete, daß ich nun das Rätsel lösen würde. Aber ich stieg ganz ernsthaft aus und hob ebenso ernsthaft sie aus dem Wagen. »Geh voran, Paul!« sagte ich, »und mache dem Hauswirt Ehre.«

Das Haus ist von meinem Vorgänger in einem launenhaften, aber nicht unangenehmen Geschmacke gebaut und stellt von außen ein Mittelding von schweizerischer und holländischer Herrenwohnung dar. Das Erdgeschoß hat neben der Küche und den Gesindestuben ein paar artige Zimmer, die mein Vetter Max, der Ökonom des Gütchens, bewohnt. Das obere Stockwerk ist durch einen gegen den Garten offenen Salon in zwei Hälften geteilt, wovon die eine für den Eigentümer, einen alten Junggesellen, wie ich, die andere für eine Freundin bestimmt und eingerichtet war, welche aber nie darin gewohnt hat. Beide Abteilungen sind bequem und anständig eingerichtet ohne überflüssigen Aufwand; ich habe sie größtenteils gelassen, wie ich sie fand, sogar das Porträt des ehemaligen Besitzers ist in einem Kabinette hängen geblieben.

Ich führte Gretchen zuerst in die Zimmer, die, wie ich ihr sagte, für sie bestimmt wären. »Das ist viel zu vornehm und weitläufig«, sagte sie, nachdem sie sich ein wenig umgesehen; »hier könnte ja eine kleine Familie Platz finden.« – »Wer weiß, wozu das in der Folge gut ist!« erwiderte ich scherzend. Gretchen sah fast etwas finster darein, weshalb ich für gut fand, sie ohne weitere Bemerkungen in den Hof und den Garten zu führen. Was sie dort und in den Wirtschaftsgebäuden sah, hatte ihren ganzen Beifall. »Es ist hier alles im besten Stande«, bemerkte sie; »ich wüßte wenig, was sich anders oder zweckmäßiger einrichten ließe.« – »Das macht alles unser Herr Max«, fuhr Paul heraus – »o, er ist ein tüchtiger Wirtschafter!« – »Wer ist Herr Max?« fragte Gretchen neugierig. »Ih, der liebe junge Vetter«, erwiderte Paul – »meines Freundes, ja!« fiel ich ihm ins Wort und nahm Gretchen unter den Arm, um ihr auch die Wohnung des Hausherrn zu zeigen.

Mit Vergnügen bemerkte ich, daß Gretchen der bequemen und artigen Einrichtung meiner Wohnzimmer eine besondere Aufmerksamkeit widmete und daß selbst die etwas zu weit getriebene Sorgfalt für die Gesundheit und Bequemlichkeit des Besitzers, welche hin und wieder sichtbar war, ihr nicht mißfiel. Sie schien ganz eingenommen von der Vorstellung einer behaglichen Häuslichkeit und schwatzte überaus gemütlich und angenehm von den hundert kleinen Genüssen, welche das Familienleben auf dem Lande darbietet. Nie hatte ich sie offener und liebenswürdiger gesehen; es war das Hausmütterchen in der Gestalt und mit dem Betragen einer Grazie. – »Nun Gretchen«, sagte ich, nachdem ich ihr lange zugehört, »darf ich diesem Hause zu Ihrem Besitze Glück wünschen? Werden Sie gern hier bleiben?« – »Wer sollte das nicht!« erwiderte sie recht freudig. Ich stand neben ihr, den Arm um ihren Leib geschlungen, als sie dieses sagte, und drückte sie mit einer Hegung inniger Zärtlichkeit an mich. – Gleichsam um mich zu zerstreuen, warf sie einen Blick auf das Porträt, dessen ich vorhin erwähnte. »Wessen Bild ist dies?« fragte sie. – »Das Bild des Besitzers«, – erwiderte ich ohne Absicht. – »Wie?« fiel sie mir ins Wort, »so war es doch?« – Ihre Verwirrung ergötzte mich: ich wollte sehen, wie weit es damit kommen könnte. – »Allerdings«, sagte ich ernsthaft, »es ist der Freund, von dem ich mit Ihnen sprach; er hat dieses Haus gebaut und alles, was Sie hier sehen, so eingerichtet.« – Sie schwieg und schien eine innere Bewegung unterdrücken zu wollen; plötzlich wandte sie sich hinweg, um mir ein paar Tränen zu verbergen, die sich in ihre Augen drängten. – »Nein!«, rief ich, meiner selbst nicht mehr mächtig, »es ist nicht ganz so, liebstes Gretchen! Jener Mann lebt nicht mehr, – ich selbst bin der Besitzer!« – Sie sah mich an mit einem Blicke, worin ein Vorwurf mit einer Aufwallung der Freude kämpfte. »Böser Mann!« sagte sie, mit dem Finger drohend, »mich so zu necken!« Und als ich sie besänftigend in meine Arme ziehen wollte, machte sie sich, mit einer halb strafenden, halb verzeihenden Miene los und eilte davon.

»Sie ist dein«, rief ich entzückt; »das liebenswürdige, bezaubernde Geschöpf ist dein! Ihr Herz hat für dich entschieden; es hat sich wider den Gedanken aufgelehnt, diesen Aufenthalt, der ihr so lieb ist, mit einem andern als mit dir zu teilen!« – Still, aber selig träumend, ging ich in meinen Zimmern umher, Gretchen erwartend, die zum Nachtessen wieder kommen sollte. – Sie hatte sich bequem gemacht und ein weißes Korsett angezogen, welches ihr ein noch vertraulicheres Ansehen gab. Unwillkürlich schielte ich nach den Pantöffelchen, welche Paul auf mein Geheiß in ihre Schlafkammer gelegt hatte; aber die Füßchen waren mit züchtiger Strenge beschuht. Nie habe ich die Sittsamkeit so liebenswürdig und so entfernt von aller Prüderie gesehen. Gretchen war an dem Abend besonders gesprächig; ich vergaß mich selbst und meine Wünsche, indem ich, ihrem sinnigen Geplauder zuhörend, an ihrer Seite saß. Die kindliche Unbefangenheit ihres Gemütes teilte sich unvermerkt dem meinigen mit, ich genoß das Vergnügen eines freundlichen Beisammenseins, das durch keinen Affekt und keine Regung der Selbstsucht gestört wird. Ruhig sah ich das holde Mädchen sich in ihr Schlafgemach zurückziehen und hörte sie nach einer Weile die Tür abschließen, welche von ihrer Seite in den gemeinschaftlichen Salon führt.

»Keine Absicht und keine Befürchtung stört den Frieden dieser reinen Seele«, sagte ich zu mir selbst, als ich allein war. »Wär' es nicht Sünde, sie durch das Geständnis einer Leidenschaft zu beunruhigen, die sie jetzt noch kaum verstehen, gewiß nicht erwidern kann? Die Zeit mag vollenden, wofür der Zufall in kurzem beinahe schon zu viel tat. Sind wir doch aus dem wilden Treiben der Welt in die stille Befriedigung der Einsamkeit gerettet! Der schöne Baum der Hoffnung mit seinen Knospen und Blüten hat Wurzel in dem Boden deiner Wünsche geschlagen; laß ihn Kraft gewinnen und zur Zeitigung gelangen! Ist es nicht auch ein Genuß, die goldenen Früchte wachsen und reifen zu sehen, bis sie, in süßer Fülle schwellend, sich selbst von den Zweigen lösen und uns freiwillig in den Schoß fallen?« – Mit diesen Gedanken legte ich mich zur Ruhe und mit einem leisen: »Gute Nacht, Gretchen!« sank ich dem Schlafe in die Arme.

13.

Die Sonne stand schon ziemlich hoch, als Paul mich mit der Nachricht weckte, daß Max im Vorzimmer sei, um mir seine Aufwartung zu machen. – »Ist er da? Wie sieht der Junge aus?« sagte ich, mich ermunternd.

– »Wie die Gesundheit und der Frohsinn selbst, Herr! Er ist noch etwas männlicher geworden; – man kann wohl sagen: ein Bild von einem jungen Menschen! Sie werden eine rechte Freude an ihm haben.« – »So! Gib mir meinen Schlafrock, Paul, – und laß ihn hereinkommen.« – »Er hat auch unsre Mamsell Gretchen schon gesehen«, fuhr Paul fort, »und ein lautes und breites mit ihr gesprochen. Die jungen Leute, denk ich, werden sich gut miteinander vertragen; Herr Max kann nicht Rühmens genug davon machen, wie klug und bescheiden das Mädchen ist. Ja, das wüßt' ich wohl; alle Welt muß dem lieben Kinde hold sein!« – »Gut, gut, Paul! Mach ein Ende und führe den Max herein.«

»Es ist doch wunderlich«, sagte ich zu mir selbst, als Paul fort war, »daß mir bis in den Augenblick *das* gar nicht einfiel!«

Die Tür flog auf und Max eilte auf mich zu, mich offen und herzlich willkommen heißend. »Ich dachte schon«, sagte er, »wir wären ganz von Ihnen vergessen, so lange ist's, daß Sie uns nicht besucht haben.«

– Ich bemerkte, daß ich erst seit ein paar Tagen von der Reise zurückgekommen sei. »Übrigens ist hier alles auch ohne mich recht gut gegangen, wie ich sehe; und du« – sagte ich, ihn in die roten Backen kneipend, – »hast dich, gottlob, auch nicht abgekümmert.« – Dazu, meinte er, habe man auf dem Lande weder Zeit noch Anlaß; zugleich gab er mir mein Kompliment zurück, denn er fand, ich sei während der Zeit um zehn Jahre jünger geworden. – »Findest du das?« sagte ich lächelnd; »halb und halb kommt es mir selbst so vor, Max.«

Ich erklärte ihm nun, daß ich den Rest des Sommers auf dem Gute zubringen würde, worüber er sehr vergnügt schien. »Ich habe auch an deine Erleichterung gedacht«, fuhr ich fort; »das junge Frauenzimmer, das du schon kennengelernt hast, wie ich höre, –

wird künftig die innere Wirtschaft führen. Du bist es doch zufrieden, Vetter?« – Er habe immer gewünscht, antwortete er, daß eine weibliche Aufsicht im Hause wäre; Mamsell Berger scheine dazu alle Eigenschaften zu besitzen. – »Nicht wahr, Max? Und wie gefällt sie dir sonst? Man kann sie wohl in den Augen leiden; nicht?« – »Sie ist ein schönes Mädchen«, sagte der Junge ganz ruhig und wurde nicht einmal rot. Ich fand aber doch für gut, das Gespräch auf etwas anderes zu bringen, wozu es nicht an Stoff fehlte, indem mir Max über den Zustand des Gutes und über seine Anstalten zur Verbesserung desselben umständlich Bericht zu erteilen hatte.

Maxens Ankunft und der neue Wirkungskreis, worin Gretchen von diesem Morgen an trat, machten auch in meiner Tagesordnung und in meinem gewohnten Umgange mit dem lieben Kinde eine bedeutende Veränderung. Ich sah das fleißige Mädchen jetzt beinahe nur an dem gemeinschaftlichen Tische, wo ich mich außerdem meines jungen Vetters wegen nicht so frei wie bisher mit ihr unterhalten konnte. Gretchens Betragen gegen Max war natürlich und offen, so auch das seinige gegen sie; eine besondere Teilnahme, wie man zwischen zwei so jungen und ausgezeichnet hübschen Personen oft schnell genug entstehen sieht, konnte ich nicht wahrnehmen. Gretchen schien bloß für ihr neues Geschäft Sinn und Aufmerksamkeit zu haben und Max hatte mir so viel zu berichten, zu zeigen und zu erklären, daß auch ihm keine Zeit für seine schöne Hausgenossin übrig blieb. Es war viel Bewegung, aber fürs erste noch keine recht gesellige Zusammenstimmung unter uns.

Ich brachte den größten Teil des Tages damit zu, in Maxens Begleitung meine ziemlich weitläufigen Grundstücke in Augenschein zu nehmen, die sich wirklich in einem trefflichen Zustand befanden. Nachmittags ritten wir in den Wald, auf welchen Max sein Hauptaugenmerk bei seinem Wirtschaftsplane gerichtet hatte. Auf dem Wege dahin gesellte sich der landesfürstliche Oberförster zu uns, ein würdiger Mann, den ich schon früher kennengelernt hatte. Mit Vergnügen bemerkte ich, wie freundschaftlich und achtungsvoll der wackere Mann meinen Vetter behandelte. Er sprach mit Beifall von den Einrichtungen und neuen Anlagen, welche Max in den Wäldern gemacht, und mit Wärme von den Verdiensten, die er beim Ausbruch der Viehseuche im vorigen Herbst sich um die ganze Gegend erworben habe. »Ich halte sonst nicht viel von gelehrten

Ökonomen«, sagte er, »aber das Geld, Herr Brink, das Sie auf den wissenschaftlichen Unterricht des jungen Mannes da verwendet haben, trägt Ihnen und wird einst noch dem Lande gute Zinsen tragen. Für die drei Jahre, die er hier ist, hat er viel geleistet. Sehen Sie zu, Herr, wie Sie Ihren Vetter festhalten; denn ich habe große Lust, ihn Ihnen für den landesfürstlichen Dienst abwendig zu machen.« – »Nun, wenn es zum Glücke meines Vetters ausschlägt«, – sagte ich; aber Max unterbrach mich mit einiger Heftigkeit: »Der Herr Oberförster scherzt nur; er weiß recht gut, wie ich in diesem Punkte denke.« – »Ja, ja, ich weiß es«, sagte der Alte lächelnd. »*Den* macht man Ihnen nicht abwendig, Herr Brink! Er hat ein dankbares Gemüt und hat mir zu oft selbst gesagt, was er Ihnen schuldig ist.« Damit verließ uns der Oberförster und wir ritten tiefer ins Holz.

Alles, was ich in dem Walde sah, bestätigte das rühmliche Zeugnis des Oberförsters. Die Pflanzungen hatten seit einem Jahre beträchtlich gewonnen, der Holzschlag war im besten Gange und die neue Verbindung mit den Schleusen verdiente musterhaft genannt zu werden. Zugleich war das Nützliche überall mit dem Schönen verbunden; mein kleiner Forst hatte beinahe das Ansehen eines wohlgepflegten Parkes. Um so auffallender war mir eine noch ganz verwilderte Stelle, ungefähr in der Mitte des Waldes. Ich war im Begriffe, nach der Ursache dieser Erscheinung zu fragen, als ich Max mit düsteren und scheuen Blicken sich hinweg wenden sah und mich erinnerte, daß dies der Ort sei, den er sich von mir zu einem Denkmal für seinen armen Vater erbeten hatte. Der Unglückliche war vor zwölf Jahren verloren gegangen und hatte, man weiß nicht wo, seinem verworrenen Leben wahrscheinlich selbst ein Ende gemacht. Es scheint, daß Max noch immer nicht mit sich einig werden konnte, auf welche Weise er ein so teures und schmerzliches Andenken hier, in seiner übrigens so heiteren Schöpfung erhalten sollte.

Wir fanden am Ausgange des Waldes einen Knecht, dem wir unsere Pferde übergaben, um den Rückweg zu Fuß über die Wiesen zu nehmen, auf welchen in der künftigen Woche die Heuernte anfangen sollte. Es ward ziemlich spät bis wir zu unserem Hause kamen; zur Abkürzung des Weges gingen wir daher durch des Müllers Garten über den Steg, dessen ich schon einmal gedacht habe. Nicht ohne ein kleines Grausen und ohne mich an Max zu halten, konnte ich den gefährlichen Steig zurücklegen; denn unter ihm brauste der Waldstrom und stürzte mit reißender Gewalt auf die Mühlräder, von deren lauten Schlägen der morsche Bau erzitterte.

Eine kurze Abendunterhaltung an dem gemeinschaftlichen Tische beschloß diesen geschäftigen Tag. Die Rede fiel auf die Waldkultur, die mir auf einmal interessant zu werden anfing. Gretchen mischte sich bescheiden in das Gespräch und überraschte Maxen durch die Richtigkeit ihrer Bemerkungen. »Du weißt noch nicht«, sagte ich, »daß Gretchen eine geborene Forstmännin ist; sie hatte mich schon halb und halb zu deinem Lieblingsfache bekehrt, eh' ich hieher kam.« Diese Entdeckung sowie mancher Zug, den ich von Gretchen erzählt hatte, schien einige Annäherung zwischen den jungen Leuten zu bewirken, was mir nicht entging, aber bei der Offenheit ihres Benehmens ganz unbedenklich vorkam. Weil am nächsten Tage Sonntag war, erbot sich Max, Gretchen in die eine halbe Stunde entfernte Kirche zu führen; ich versprach, ihnen dahin zu folgen, und entließ, ziemlich ermüdet und schläfrig, meine Gesellschaft.

14.

Der Kirchgang war belebter und feierlicher, als ich vermutet hatte; denn als ich den jungen Leuten in meiner Kalesche nachgefahren kam, zeigte sich, daß eben Kirchweihe gefeiert wurde. Um sie dem Gedränge zu entziehen, nahm ich Gretchen auf dem Rückwege in meinen Wagen. Ich war in vierundzwanzig Stunden nicht so eng und vertraulich mit ihr beisammen gewesen und fühlte um so lebhafter, wie nahe sie mein Herz anging. Sie war freundlich, beinahe weich, schien aber zuweilen zerstreut, was ich dem uns umgebenden Gewühle zuschrieb. Auf einige hingeworfene Fragen gab sie mir nur halbe oder unpassende Antworten; da ich sie darüber halb scherzend zur Rede stellte und dabei tändelnd ihre Hand drückte, entschuldigte sie sich leicht errötend und erwiderte kaum merklich meinen Händedruck.

»Hat Sie Max so ernsthaft gestimmt?« fragte ich, ohne Arges darin zu suchen. – »Ein wenig mag er wohl Ursache davon sein«, erwiderte sie. – »Wie, Kind?« sagte ich ziemlich betroffen. – Sie erzählte mir nun treuherzig, daß sie auf dem Gange nach der Kirche einen Teil von Maxens Jugendgeschichte erfahren habe: – von dem unglücklichen Ende seines Vaters; von der Hilflosigkeit seiner früheren Jahre; von dem, was nachher *ich* für seine Erhaltung und seinen Unterricht getan; von seiner Anhänglichkeit an mich und von seinen jetzigen glücklichen Verhältnissen. Sie sei durch die Ähnlichkeit ihrer Schicksale innig gerührt worden und sie leugne nicht, daß ihr Max durch dieses alles recht lieb geworden, aber – noch lieber *der*, dem er und sie so viel zu verdanken hätten. – Sie zog meine Hand an ihr Herz und aus ihren Augen fielen ein paar Tränen darauf. – »Mein Kind!« sagte ich, innigst bewegt, »Sie wissen nicht, daß dieser Augenblick mich reicher belohnt, als alles wert ist, was ich je für Sie und ihn tun kann.«

Die Zweifel, welche über Gretchens Gesinnung augenblicklich in mir aufgestiegen waren, verschwanden ebenso bald wieder; vielmehr glaubte ich, meines Glückes mehr als jemals versichert zu sein. Max selbst war ja ein neues Band zwischen uns geworden; und so bestand mein Vertrauen in die beiden Lieblinge meines Herzens neu befestigt und völlig hergestellt.

Der Mittag gehörte zu den frühesten, welche ich in lieber, kleiner Gesellschaft jemals zugebracht habe. Max war anfangs etwas still, nahm aber bald an meiner und Gretchens aufgeweckten Laune teil. Ich schlug vor, daß wir gegen Abend auf das Kirchweihfest fahren und daß Gretchen mit Max einen ländlichen Tanz machen solle. Nach Tische setzte sich Gretchen an das Klavier. In meiner humoristischen Stimmung fiel mir ein, meinem Vetter, der eben kein starker Violinspieler ist, zuzumuten, sie bei einer Sonate zu akkompagnieren. Er tat es nach einigem Widerstreben. Es ließen sich bald einige falsche Griffe und kratzende Töne vernehmen. Gretchen sah ein paarmal gutmütig verweisend auf Max zurück; als aber ich und er selbst darüber zu lachen anfingen, stimmte sie munter in unsere Lustigkeit ein und spielte unbekümmert fort, bis das drollige Konzert unter allgemeinem Gelächter ein Ende nahm. – »Ich habe mich selbst zum besten gegeben«, fing Max nach einer Pause an, »weil ich sah, daß meine Ungeschicklichkeit Sie wirklich belustigte; aber von heute an bitte ich die Violine nicht mehr anrühren zu dürfen.« – »Was fällt dir ein?« sagte ich. – »Ich würde fürchten«, fuhr er fort, »Mamsell Gretchens seelenvolles Spiel mit jedem Striche zu verderben, ja ihr die Musik selbst zu verleiden, und schon diese Furcht macht es mir unmöglich, die Geige je wieder in die Hand zu nehmen.« – »Nicht doch!« rief Gretchen lächelnd. – »Ich weiß, was ich sage!« antwortete Max sehr bestimmt; »die disharmonischen Töne, die uns heute so viel zu lachen machten, werden oft noch recht ernsthaft in mir nachklingen.« – »Sieh, sieh!« sagte ich leise für mich, »das ist eine Zartheit, die ich dem jungen Forstmanne kaum zugetraut hätte.«

Wir fuhren schon frühzeitig zum Kirchweihfest. Max hatte seine Forstuniform angezogen und saß neben unserer Kalesche herreitend, recht stattlich auf seinem Pferde. Auf halbem Wege kam uns ein Zug von Bauernjungen mit einer bunt ausgeschmückten Kirchweihstange entgegen, um welche sie fröhlich herumsprangen, lärmten und musizierten. Der Weg war nicht der beste und verengte sich gerade, wo wir mit dem Zuge zusammentrafen. Max wollte ausweichen und über einen Graben am Fahrwege setzen. Da wurde sein Roß scheu und machte einen falschen Sprung, so daß er zu stürzen drohte. – »Ach!« hörte ich Gretchen erschreckt ausrufen; aber der Angstschrei löste sich in ein Lächeln der Zufriedenheit auf, denn der junge Mann saß fest und sicher und sah von seinem beruhigten Gaule munter nach uns zurück. – »Er ist ein geschickter Reiter«, sagte sie mit merklichem Wohlgefallen. – »Und sieht recht gut aus«, setzte ich hinzu; »nicht wahr, Gretchen?« – Sie wurde rot, oder ich bildete es mir wenigstens ein. – »Paul hat recht«, dachte ich; »der verdammte Junge ist wirklich bildschön!«

Max hob Gretchen und dann auch mich aus dem Wagen, als wir vor dem Wirtshause ankamen. Aus dem geräumigen, festlich verzierten Hofe schallte uns die Tanzmusik und das frohe Getümmel der Landleute entgegen. Unser Eintritt erregte Aufmerksamkeit, denn wir waren die ersten Städter, die bei dem Feste erschienen. Aber noch mehr Bewegung entstand, als Max von einigen der Umstehenden erkannt wurde. »Herr Max ist hier. – Willkommen, Herr Max!« hörte ich von mehreren Seiten rufen. Alte und junge Leute kamen auf ihn zu und schüttelten ihm treuherzig die Hände. Mir und meiner Begleiterin ward viele Ehre erwiesen, als er uns den Leuten vorstellte; Gretchen besonders gewann bald die allgemeine Teilnahme, denn man schien sie für Maxens Geliebte zu halten.

Es half kein Weigern, Max mußte das erste Menuett mit ihr eröffnen. Alles stand umher, das schöne Paar tanzen zu sehen; ich selbst mußte gestehen, daß Max auch seiner reizenden Tänzerin gegenüber sich noch ganz wohl ausnahm. Die Musik ging in das Tempo des Deutschen über und Max flog mit Gretchen an mir vorbei unter dem lauten Jubel der Zuschauer. Die jungen Paare schlossen sich an, bald war die Lust und die wirbelnde Bewegung allgemein. Nach einigen Touren, welche Gretchen mit Max gemacht hatte, gab sie einem jungen Bauernburschen die Hand, der jauchzend nach Ländlerart mit ihr zu drehen anfing. Es war der Lieblingstanz ihrer Heimat; mit grazienhafter Leichtigkeit führte sie die kühnen, oft mutwilligen Figuren und Wendungen aus, aber die Sittsamkeit schien jede ihrer Bewegungen und selbst den Faltenwurf ihrer Kleidung zu bewachen, indes der kindlichste Frohsinn aus ihrem offenen Gesichte lachte. Ich war in den Anblick verzückt; ungern sah ich, daß Max mit ernstem Lächeln sie anhielt, indem er sagte: »Es ist zu viel!« – Gretchen kam, von der Bewegung und von Freude glühend, auf mich zu und hing sich an meinen Arm. Das Herz schlug mir mächtig; ich führte sie aus dem Gedränge, um mich und sie durch einige Züge frischer Luft in dem Garten zu erquicken.

Max war uns gefolgt. Er scherzte über Gretchens übertriebene Neigung zum Tanze, konnte aber, als wir uns der Musik wieder näherten, sich dennoch nicht enthalten, sie noch zu einem Walzer mit ihm aufzufordern. Lachend gab sie ihm die Hand und hüpfte in die Reihen. Nach wenigen Augenblicken sah ich sie, von Max umschlungen, unter den Tanzenden dahinschweben. Sie schienen beide von der Musik getragen zu werden; Gretchen Auge hing an den Feuerblicken des kräftigen Jünglings, der, sich selbst und seine Umgebung vergessend, fünf bis sechsmal die ganze Länge des Tanzbodens mit ihr durchflog.

»Es ist genug, Kinder!« rief ich ihnen zu, als sie an mir vorbeikamen; und wie aus einem tiefen Traume geweckt, traten sie schnell und etwas betroffen aus dem Kreise. – »Es wird dunkel«, fuhr ich fort; »wir wollen nach Hause, Max!« – Ohne Widerrede ging er, unseren Kutscher zu suchen, und ließ sein Pferd vorführen. Ich stieg mit Gretchen in die Kalesche und stiller, als nach so lebhaften Eindrücken zu vermuten war, kamen wir vom Kirchweihfeste wieder auf meinem Landhause an.

15.

»Es ist natürlich«, sagte ich mir selbst, als ich nachts allein auf meinem Zimmer war, »daß die jungen Leute Gefallen aneinander finden. Liebe kann noch nicht im Spiele sein, aber es würde geschehen, wenn es so fortginge; auch das ist natürlich. - Du mußt ein Ende machen, Samuel, ohne weiteren Verzug. Die Unbestimmtheit der Verhältnisse taugt überall nicht. - Sie ist dir gut; Dankbarkeit und Pflicht werden der Neigung zu Hilfe kommen und gegen diese dreifache Schutzwehr wird ein flüchtiger Geschmack, eine Regung der unverwahrten Sinne kaum anzukämpfen wagen. - Mach' ein Ende, Samuel! du hast dich lange genug besonnen.«

Am andern Morgen befahl ich Paul, Anstalt zu machen, daß wir gleich nach Tische in die Stadt fahren könnten. Ich sah Gretchen den ganzen Vormittag nicht; sie hatte in der Wirtschaft zu tun. Max war auf dem Felde, wo der Anfang mit der Heuernte gemacht wurde. Bei Tisch erschien Gretchen allein. Ich fand sie so unbefangen als jemals und vergaß über ihren heiteren Gesprächen beinahe den ernsthaften Zweck, der mich auf einen oder zwei Tage von ihr trennen sollte. Als sie hörte, daß ich in die Stadt ginge, bat sie mich, ihr nebst ihren übrigen Kleidern die Papiere zu bringen, die sie in ihrem Koffer zurückgelassen hätte. - »Was für Papiere sind das?« fragte ich. - Einige Schriften, welche zum Prozeß ihrer Tante gehörten, war die Antwort, mehrere Briefe, die ihr besonders interessant wären, und ihr Taufschein. - »Ihr Taufschein?« rief ich; »das ist mir lieb!« aber ich faßte mich schnell und setzte lächelnd hinzu: »Soll ich das alles durchstöbern? Fürchten Sie nicht, Gretchen, mir Ihre Geheimnisse zu verraten?« - »Ich habe keine Geheimnisse vor Ihnen«, erwiderte sie mit dem Tone des herzlichsten Vertrauens, indem sie mir den Schlüssel zu ihrem Koffer übergab. - Ich war innig gerührt. »Möge es immer so bleiben, liebes, liebes Kind!« sagte ich, indem ich ihre Hand an meine Lippen drückte, und ging schnell fort, um mich in meinen Wagen zu werfen.

Ich stieg in der Stadt bei meinem Freunde dem Doktor Morbach ab, den ich ersucht hatte, Brigitten in meiner Abwesenheit zu verabschieden und ihr einen Jahreslohn unter der Bedingung auszuzahlen, daß sie sogleich auf vierzehn Tage in ihre Heimat reiste und vor ihrer Zurückkunft weder meinen noch Gretchens Namen vor einem Menschen aussprache. Er lachte, als ich zu ihm kam, und versicherte, mein Auftrag sei pünktlich vollzogen. – »So ist die Luft in meinem Hause rein«, sagte ich, »und ich kann meine Braut in die Stadt bringen, wann ich will.« – »Ihre Braut?« rief der Doktor im höchsten Erstaunen; »Braut! Ist's möglich?« – »Keine Ausrufungen, lieber Doktor, wenn ich bitten darf, und keine juristischen Schwierigkeiten! Seien Sie so gut, mir einen bündigen Ehekontrakt aufzusetzen. Hier sind die Hauptpunkte, Heiratsgut und Wittum betreffend. Der Name der Braut ist Margarete Berger.« – »Berger? Margarete Berger? Derselbe Name, den Jungfer Brigitte nicht nennen sollte?« – »Derselbe! Und den ich auch Sie bitte nicht zu nennen, so wenig als meiner Heirat Erwähnung zu tun, bis sie vorbei ist.« – »Brink! Lieber Freund Brink!« sagte Morbach, den Kopf schüttelnd. – »Liebster Doktor!« war meine Antwort, »ich weiß, was Sie sagen wollen. Ich habe mir die Sache überlegt; vielleicht hätte ich besser getan, vor fünfundzwanzig Jahren daran zu denken; aber damals kannte ich Gretchen Berger nicht, oder vielmehr war sie noch nicht in der Welt.« – »Eben deswegen, Freund!« – »Genug«, fiel ich ihm ins Wort und wandte mich zum Weggehen; »wenn Sie den Kontrakt nicht aufsetzen wollen, so tut es ein anderer; auf Ihre Verschwiegenheit rechne ich.« – »Warten Sie doch, Freund! Sie vergessen die Schlüssel zu Ihrer Wohnung, die ich Brigitten abforderte.«

Morbach brachte mir lächelnd die Schlüssel; zugleich erklärte er sich bereit, die Ehestiftung zu entwerfen. »Wann soll denn die Trauung sein?« fragte er. – »In acht Tagen, Herzensdoktor!« – »Da brauchen wir Dispensation wegen des Aufgebots; die Einwilligung des Vormunds muß schriftlich vorliegen.« – »Ich schreibe ihm heute noch. Einwendungen sind nicht zu erwarten; in vier Tagen kann die Antwort hier sein.« – »Gut!« sagte Morbach ziemlich ernsthaft; »den Taufschein der Braut und was sonst nötig ist, hole ich mir morgen selbst bei Ihnen ab.«

Ich verließ den Doktor sehr vergnügt und fuhr eiligst nach Hause, um sogleich an Gretchens Vormund zu schreiben. Paul war seit dem frühen Morgen in einer drolligen Unruhe. Er hätte gern gewußt, was ich vorhatte, scheute sich aber doch, mich danach zu fragen. Als er indes sah, daß Brigitte abgezogen sei, wurde er sehr aufgeräumt und tat unverlangt, was ich ihm nur an den Augen abzusehen glaubte. »Soll ich nicht die Stube gleich scheuern und ein wenig hübscher ausmalen lassen?« fragte er; »es kann ein recht artiges Zimmer für das liebe Mädchen werden, wenn sie zuweilen zu uns in die Stadt kommt.« »Laß das noch, Paul!« sagte ich; »es wird sich schon ein Zimmer für Gretchen finden.«

Den Abend brachte ich sehr angenehm mit Gretchens Papieren zu, welche ich aus ihrem Koffer zu mir genommen hatte. Ich fand mehrere Briefe ihrer Tante und drei oder vier von ihrem verstorbenen Lehrer darunter, einem alten Geistlichen, von welchem sie mir einigemal mit großer Liebe und Dankbarkeit gesprochen hatte. Beide schienen treffliche Menschen gewesen zu sein; ich erkannte nun um so deutlicher, wie das seltene Mädchen in solcher Umgebung werden konnte, was sie war. Endlich fiel mir auch der Taufschein in die Hände; er war in weißes Papier eingeschlagen und mit Gretchens Namen von ihrer eigenen zierlichen Hand überschrieben. Nie habe ich eine Urkunde mit größerer Teilnahme, ja mit einer so andächtigen Empfindung betrachtet. Es schien mir eine Anweisung auf meinen Anteil irdischen Glückes. »Als sie ins Dasein trat«, sagte ich zu mir selbst, »erneuerte und verjüngte sich das meinige; sie ward geboren, damit ich nicht umsonst gelebt hätte.«

Am anderen Morgen währte es mir zu lange, bis der Doktor kam. Ich ging also, ihn in seiner Wohnung aufzusuchen, wodurch es geschah, daß wir einander verfehlten. Als ich wieder nach Hause kam, hörte ich, er sei inzwischen da gewesen und habe die Nachricht hinterlassen, daß ein dringendes Geschäft ihn auf das Land rufe, von wo er nicht vor dem nächsten Mittage zurückkehren werde. – Was blieb mir zu tun übrig, als mich in Geduld zu fassen, so schwer es mir auch fiel? Paul konnte nicht begreifen, worüber ich so übellaunig war und warum ich nicht geraden Weges auf unser Gut zurückfuhr, nach welchem ich einigemale überlaut geseufzt hatte. Damit nur die Zeit verginge, trieb ich mich in zwanzig Fabriken und Kaufläden herum, ließ mir eine Menge Dinge zeigen, die ich nicht nötig hatte, und kaufte manches, mitunter auch Unnützes, zu Gretchens Ausstattung. »Mein' Seel', Herr!« sagte Paul, als ich mit der dritten Ladung angefahren kam, »ich glaube, Sie wollen eine Krambude von Putzsachen anlegen; das kann ja Mamsell Gretchen in zehn Jahren nicht gebrauchen.« – »Schweig, Paul!« sagte ich kurz und verdrießlich; denn ich fühlte, daß ich dem Alten nicht viel Kluges zu antworten hätte.

Der sehnlich erwartete Mittag kam und Morbach brachte den Entwurf der Ehestiftung, in bester Rechtsform aufgesetzt. Nun aber gab es neue Schwierigkeiten wegen der Dispensation. Ich mußte mich entschließen noch einen Tag in der Stadt zu bleiben. Meine Ungeduld stieg aufs äußerste. Am dritten Nachmittag seit meiner Trennung von Gretchen ward endlich die Bewilligung zur Trauung ausgefertigt; ich nahm von meinem Freunde Morbach Abschied und fuhr, mit allem versehen, was meinen Wünschen günstig sein konnte, wieder zu den Toren der Stadt hinaus.

16.

Das Dach meines Landhauses blinkte mir im Strahl der Abend-
sonne entgegen. Ein armer Hirtenknabe blies, so gut er konnte, den
Kuhreihen, indem ich vorbeifuhr, und wiederholte sein Kunststück
zum Dank für die Scheidemünze, welche Paul ihm zuwarf. Aus der
Ferne klang die Weise ziemlich angenehm und stimmte harmonisch
zu den Gefühlen der Sehnsucht, die meine Brust bewegten. Als wir
zu der Wasserfurt nahe an meinem Hause kamen, sahen wir Bau-
ersleute aufwärts am Bache stehen, noch mehrere am Steg oberhalb
der Mühle. Der Steg, wie wir bemerken konnten, war zur Hälfte
eingebrochen. Ich erinnerte mich augenblicklich an den gefährlichen Gang, den ich vor ein paar Tagen darüber gemacht hatte. Vor
meinem Hause, in dessen Tor wir eben fahren wollten, standen
auch Landleute, meist Weiber und Kinder. Eine meiner Mägde kam
weinend zu ihnen heraus.

»Da ist ein Unglück geschehen!« rief Paul; und ich, von einer
plötzlichen Ahnung ergriffen, sprang aus dem Wagen, eh' er noch
still hielt. »Was ist's? Was ist's?« rief ich, mich durch die Leute
drängend. – »Ach!« hörte ich jemand sagen, »Mamsell Gretchen ist
mit dem Steg in den Bach gestürzt.« – »Und ist doch gerettet?«
stammelte ich; – meine Knie brachen mir, ich war auf dem Punkt
niederzusinken. – »Herr Max«, sagte die Magd weinend, »hat sie
mit Gefahr seines Lebens herausgezogen, eh' der Schwall des Was-
sers sie in die Mühlräder riß. Wir haben sie hinauf in ihr Bett gebracht, aber sie gibt kein Lebenszeichen seit einer Viertelstunde
schon.«

Paul und ein junger Bauer führten oder trugen mich vielmehr
über die Treppe nach Gretchens Zimmer, wohin ich verlangte. Sie
lag ausgestreckt auf ihrem Bette, in warme Tücher eingeschlagen,
farblos und ohne sichtbares Lebenszeichen. Max stand am Haupte
des Bettes, ihre Gesichtszüge mit gespannter Aufmerksamkeit be-
trachtend und ihre Schläfe sanft streichelnd, während zwei Mägde
damit beschäftigt waren, ihr die Füße zu reiben. – »Sie ist nicht tot«,
sagte Max, da er mich, auf Paul gestützt, leichenblaß vor sich stehen
sah. »Sie kann nicht tot sein«, setzte er leiser hinzu; »ihre Hände

und Schläfen sind warm und ich glaube von Zeit zu Zeit eine leise Regung ihres Pulses zu fühlen.«

In diesem Augenblicke trat der Arzt aus dem nächsten Marktflecken in das Zimmer. Er bestätigte nach der ersten Untersuchung Maxens Vermutung und ordnete einiges zur weiteren Behandlung der Scheintoten an. Ich hatte mich auf einen Stuhl niederlassen müssen und erwartete mit unbeschreiblicher Bangigkeit den Ausgang der Sache. Plötzlich hörte ich Max aufschreien: »Sie lebt! Sie schlägt die Augen auf.« – Ich stürzte auf ihn zu und drückte ihn sprachlos in meine Arme.

Der Arzt bedeutete uns, still zu sein, weil die Kranke noch nicht ganz zur Besinnung gekommen wäre. Wir zogen uns behutsam zurück, indem wir unsere Freude so viel als möglich unterdrückten. Gretchen lag eine Weile mit offenen, gerade aufwärts sehenden Augen; ihre Wangen fingen an sich zu färben; endlich wandte sie Gesicht und Blicke nach unserer Seite. – »Max!« rief sie, ihm ihre Hand freundlich entgegenstreckend. Der junge Mensch eilte auf sie zu und küßte die ihm dargebotene Hand mit großer Innigkeit. Auch ich war nähergetreten; sie wurde mich gewahr und reichte mir die andere Hand hin. »Er hat mir das Leben gerettet«, sagte sie, mit dem Kopfe gegen Max nickend; »es war ein grauser Tod, der mir drohte, lieber Herr Brink!« – »Sie leben«, sagte ich, ihre Hand an meine Lippen drückend, »Sie sind uns wiedergegeben, teures Gretchen! Er hat Anspruch auf alles, was ich besitze; nie kann ich ihm lohnen, was er heute tat.« – Gretchen wurde wieder blässer; ihr Atem schien noch nicht frei. Der Arzt verlangte, daß wir uns entfernten; eine Stunde Ruhe sei für Gretchen nun das Nötigste. Ich nahm Maxen mit mir und ließ den Arzt mit den Mägden bei der Kranken zurück.

Von Max erfuhr ich jetzt, wie der Unfall begegnet und durch welches Wunder er selbst imstande gewesen sei, das holde Geschöpf zu retten. Die Mäher waren seit Tagesanbruch auf der großen Wiese beschäftigt, welche jenseits des Baches, ein paar hundert Schritte über der Mühle liegt. Max hatte den Arbeitern verboten, über den Steg zu gehen, von dessen gebrechlichem Stande er neuerdings überzeugt worden, und hatte dem Müller, wie vorher schon oft, noch heute früh dringend angelegen, den gefährlichen Bau sogleich abtragen zu lassen. Nachmittag war Gretchen über die obere Brücke auf die Wiese gekommen und dort geblieben. Später hatte indessen Max, von einer unerklärbaren Unruhe getrieben, die Wiese verlassen und war noch einmal in die Mühle gegangen, wo er den fahrlässigen Mann endlich vermochte, ihm zu folgen, um den Schaden selbst in Augenschein zu nehmen. Als sie aus der Mühle traten, erblickte Max zu seinem Schrecken Gretchen auf dem schwankenden Steg und einen Moment nachher sah er sie mit den morschen Brettern in die Tiefe stürzen. Einige Augenblicke war Gretchen, welche Maxen noch im Fallen bemerkt zu haben schien und der er, nur den Rock von sich werfend, schnell nachsprang, über dem Wasser sichtbar: aber bald riß der Strudel sie hinab, so daß sie Max, der sich selbst nur mit großer Anstrengung über dem Strom erhielt, ein paar Minuten gar nicht sah und schon verloren glaubte. Endlich tauchte unfern von ihm eine Hand empor; mit Mühe erreichte er sie, und seine letzten Kräfte aufbietend, gelang es ihm, sie schwimmend ans Ufer zu ziehen. Hier halfen ihm die Knechte des Müllers, dessen Geschrei sein ganzes Haus um ihn versammelt hatte, Gretchen auf einen nahen Rasenplatz bringen, bis sie später, noch ganz leblos, von Max und den herbeieilenden Mägden auf ihr Zimmer getragen wurde.

Ich fiel dem wackeren Jungen noch einmal um den Hals und überhäufte ihn mit Lobsprüchen und Liebkosungen. Aber meine eigenen Kräfte waren durch die furchtbare Gemütsbewegung erschöpft; ich mußte mich auf mein Ruhebett legen, um mich zu erholen. Nach einer Stunde ungefähr sagte man mir, daß Gretchen nach mir und Max verlangt habe. Ich traf den letzeren schon an ihrer Seite, ihre Hand in der seinigen haltend. Gretchen rief mir zu, als sie mich eintreten sah, und nötigte mich freundlich, auf ihrer anderen Seite Platz zu nehmen. Die ganze Heiterkeit und Energie ihrer himmlischen Seele waren zurückgekehrt, aber ihre körperlichen Kräfte schienen noch etwas schwach und niedergedrückt, was besonders an dem öfteren Wechsel ihrer zarten Gesichtsfarbe merkbar wurde. Mit großer Ruhe sprach sie von dem erlittenen Unfalle und entwickelte sehr deutlich den Gang ihrer Vorstellungen und Empfindungen, so weit sie sich derselben bewußt war. Sie glaubte, ihre volle Besinnung erst verloren zu haben, als sie an das Ufer gebracht wurde. »Ich war gewiß«, sagte sie, »daß mir Max nahe sei und daß er mich retten würde.« Das furchtbare Brausen der Mühlräder habe sie übrigens auch unter dem Wasser vernommen und dies sei der letzte Eindruck vor ihrer Ohnmacht, dessen sie sich erinnere. Ehe sie ihrer äußeren Sinne wieder mächtig gewesen, sei sie sich bewußt geworden, daß sie gerettet sei und in ihrem Bette liege; es sei ihr vorgekommen, Max stehe über ihrem Haupte und sie höre ihn von Zeit zu Zeit sprechen; auch meinen Eintritt habe sie bemerkt und sei durch meinen stummen Schmerz sehr geängstigt worden, aber sie habe sich weder regen noch ihre inneren Anschauungen mit Worten oder Zeichen ausdrücken können. »Lieber Herr Brink!« sagte sie, indem sie meine Hand ergriff, »ich habe auch nachher gesehen, wie tief Sie von meinem Unfalle ergriffen waren. Sie sind so gut; bin ich denn Ihrer Teilnahme wert?« – Ich konnte nicht sprechen, sondern ließ mein Angesicht auf ihren Arm sinken, den ich unbemerkt mit zärtlichen Küssen bedeckte.

Nach einer Weile stand ich auf. »Das alles«, sagte ich, »greift Sie zu sehr an, liebes Gretchen! Wir wollen Sie für heute der Ruhe überlassen. Morgen früh, wenn Sie gut geschlafen und sich ganz erholt haben, werde ich Sie besuchen. Ich habe allerlei für Sie aus der Stadt mitgebracht, was ich Ihnen zeigen will. Gute Nacht, liebes Kind!« Zugleich gab ich Max einen Wink, mir zu folgen, und verließ mit ihm Gretchens Schlafgemach.

17.

»Ist deine Mamsell aufgestanden?« fragte ich die Magd, die eben aus Gretchens Zimmer kam, da ich früh am Morgen über den Vorsaal ging. »O ja, Herr!« war die Antwort; »und sie befindet sich recht wohl.« – Ich pochte leise an der Tür und trat hinein, da ich nicht antworten hörte. Gretchen stand in ihrem Nachtkorsett am offenen Fenster, mit dem Rücken gegen den Eingang gekehrt, und trillerte ein Liedchen in den Garten hinaus. Sie hatte mich nicht kommen hören, sondern blieb nachlässig im Fenster gelehnt, indem sie mit dem einen Fuße den Takt zu ihrer Melodie leise anschlug. Ich sah, daß es meine Pantöffelchen waren, mit denen sie auf dem Boden klapperte. Alle meine heitersten Gedanken und Wünsche wurden in dem Augenblick rege, und indem ich mich ihr unbemerkt genähert hatte, umfaßte ich ihren schlanken Leib, so daß sie, sich umwendend, gerade in meinen Armen lag. – »Sie haben mich wirklich erschreckt«, sagte sie, über und über errötend, indem sie sich von mir losmachte; »ich bin noch kaum angezogen.« – »Kein Anzug kleidet Sie besser als dieser, Gretchen!« erwiderte ich, »und glücklich der, welcher ein Recht hat, Sie immer so zu sehen.« – Sie ging vom Fenster weg und bat mich zu sitzen, während sie selbst in einiger Entfernung von mir stehen blieb. – »Wissen Sie«, fing sie nach einer Weile an, »daß mir heute nacht von Ihnen geträumt hat? Wir machten wieder eine Reise miteinander, und zwar eine sehr weite, denn wir gingen sogar über See und fuhren durch Klippen und Stürme hin; aber am Ende war alles gar still und freundlich und wir kamen in ein schöneres Land, als ich mir je eines vorgestellt habe.« – »Dieser Traum«, erwiderte ich, »könnte erfüllt werden; ja, ich hoffe gewiß, er wird es, und ich nehme ihn als eine gute Vorbedeutung an. Setzen Sie sich zu mir, liebes Gretchen!« – Sie tat es. »Ich möchte doch nicht«, sagte sie, »daß der Traum in Erfüllung ginge; denn ich bin gern hier, wo ich alles um mich habe, was mir lieb ist.« – »Desto besser, mein Kind! Auch brauchen Sie Ihre Stelle nicht zu verlassen; die Reise, die Ihnen im Traume vorkam, ist – die Lebensreise und *hier* können Sie sie vollenden. Wollen Sie mich heiraten, liebes Gretchen?« – »Ach Gott!« rief sie, – »darauf war ich nicht gefaßt mein teurer Herr!«

Sie wurde abwechselnd blaß und rot und sah mich mit scheuen, aber nicht unteilnehmenden Blicken an. Eine mächtige Empfindung schien ihr Inneres zu bewegen; sie wollte einigemal sprechen, vermochte es aber nicht. Nach einer längeren Stille sagte ich: »Geliebtes Mädchen! Ich wollte Sie nicht überraschen; ebensowenig möchte ich Sie zu etwas überreden, was nur das Werk Ihrer freien Entschließung sein darf. Wie ich bin, haben Sie gesehen; was ich Ihnen sein kann, muß Ihnen Ihr Herz sagen. Gehen Sie mit sich selbst zu Rate; in einigen Tagen geben Sie mir Antwort.« – »Nehmen Sie dies«, setzte ich hinzu, indem ich einen Ring mit einem einfachen Smaragd hervorzog, »zum Andenken dieser Stunde. Er trägt die Farbe der Hoffnung, aber er verbindet Sie zu nichts. Sie werden diesen Ring, der nun der Ihrige ist, einst mir oder – einem anderen geben; wer ihn von Ihnen erhält, wird glücklich sein.« – Mit diesen Worten stand ich auf und ging fort, ohne eine Antwort abzuwarten.

Paul sah mich forschend an, als ich auf mein Zimmer zurückkam. Die heftige Erschütterung, worin er mich bei Gretchens Gefahr erblickt hatte, schien ihm unerwartet Aufschluß über alles, was um ihn vorging, gegeben zu haben. Er erriet meine Absicht und schien selbst nicht ruhig dabei zu sein. Obgleich ich nicht gern beobachtet bin, war mir Pauls Zutätigkeit doch nicht unangenehm, denn ich glaubte, ihn milder und teilnehmender zu finden als sonst. »Wollen Sie nicht ein wenig um die Felder reiten, Herr?« sagte er, da er mich unbeschäftigt und ziemlich ernst in meinem Zimmer herumgehen sah; »es ist ein herrlicher Morgen und die Leute sind recht fröhlich draußen beim Heumachen.« – »Du hast recht, Paul; laß mir den Braunen satteln.« – Als ich in den Hof hinabstieg, kam mir Max entgegen, der schon vom Felde zurückkehrte. Er grüßte mich recht munter, und da ich fragte, wo er hingehe, antwortete er offen, er wolle sehen, wie Gretchen geschlafen habe. »O, sehr gut«, erwiderte ich, »grüße sie von mir«; und nachdem ich mich auf meinen Gaul geschwungen, ritt ich zum Tore hinaus.

Der schöne Morgen und die Heuernte, obschon sich das Volk rüstig genug dazu anstellte, wollten keine rechte Wirkung auf mich tun. Ich ließ mein Roß ziemlich zerstreut und nachlässig gegen den Wald hinschlendern, als mir der Oberförster aufstieß und mich durch einen wackeren Weidmannsgruß aus meiner Träumerei weckte. Er fragte mich nach Gretchens Befinden; denn er hatte das

Mädchen während meiner Abwesenheit kennen gelernt und ihren gestrigen Unfall erfahren. »Der gute Max«, sagte er, »muß außer sich gewesen sein; denn ich habe wohl gemerkt, daß die jungen Leute einander lieb haben.« – »Das ist natürlich!« erwiderte ich schnell. – »Jawohl!« war seine Antwort. »Da sollten Sie ein Einsehen haben, Herr Brink, und ein Paar aus den hübschen Kindern machen. Mamsell Berger ist ganz dazu geschaffen, die Frau eines braven Forstmannes zu werden.« – »So?« sagte ich. – »Ja, ja!« erwiderte er lachend; »ich habe sie vorgestern abends eine ganze Stunde exami- niert und mich an ihren kunstfertigen Antworten recht ergötzt. Sie könnte zur Not selbst einem kleinen Forste vorstehen. Und das Mädchen ist guter Leute Kind, Herr! Ich habe ihren Vater in jünge- ren Jahren gekannt; er war ein Ehrenmann.« – »Das freut mich, Herr Oberförster!« »Nun, wie gesagt, Herr Brink! Sie sollten das Mäd- chen Ihrem Max zur Frau geben. Heiraten muß er doch beizeiten; das geht auf dem Lande nicht anders.« – »Hat Max mit Ihnen von der Sache gesprochen, Herr Oberförster?« – »Kein Wort; es war bloß mein Einfall, aber er deucht mir gut und Sie sollten im Ernste daran denken, Herr Brink!« – »Gut, gut; ich will mir's überlegen. Adieu, Herr Oberförster!« – Ich lenkte um und gab meinem Braunen die Sporen, um geschwind nach Hause zu kommen.

»Ist Max noch bei Mamsell Gretchen?« fragte ich Paul, als ich ihm auf der Treppe begegnete. – »Er verließ sie vor einer kleinen Weile, Herr, und ist eben wieder aufs Feld gegangen.« – »Und wie sah er aus, Paul? Sage mir's ehrlich!« – Paul schüttelte den Kopf. »Nicht wie sonst, Herr! Seit einer Stunde haben sich alle Gesichter im Hau- se verändert; auch Gretchen sieht ganz traurig aus und hat sogar geweint, glaub' ich.« – »Bring mir eine gestopfte Pfeife in mein Ka- binett, Paul, und laß niemand zu mir; ich will allein sein, Alter!«

Ich hatte Stoff genug zum Nachdenken, aber die Ruhe der Über- legung fehlte mir. Die Pfeife war verdampft, ohne daß ich mehr wußte als zuvor. Es war etwas von schlimmer Vorbedeutung im Hintergrunde meiner Seele, aber ich scheute mich, das Dunkel auf- zuhellen. »Am Ende sind es Vermutungen und Einfälle von Leu- ten«, sagte ich zu mir selbst, »die von der eigentlichen Lage der Sachen weniger wissen als nichts.« – Da kam Paul, mich zum Essen zu rufen.

Gretchen stand bei ihrem Stuhle, Max, ein wenig abgewandt, bei dem seinigen. Wir setzten uns schweigend. Ich warf einen Blick auf Gretchen, die, mit dem Vorlegen beschäftigt, ziemlich ernst, aber ruhig schien. Max sah auf seinen Teller und mußte sich anreden lassen, um Gretchen seine Suppe abzunehmen. Ich selbst war wenig gestimmt, die Unterhaltung anzufangen, doch tat ich einige Fragen an Max, die er beantwortete, ohne aufzusehen. Gretchen suchte öfters ein Gespräch in Gang zu bringen, aber die Worte wollten ihr nicht fließen und der Versuch hatte keine Folge. Sie vermied es sichtbar, die Rede an Max zu richten. Dagegen ließ dieser zuweilen einen Blick auf sie fallen, worin ich die Glut einer mühsam verhehlten Leidenschaft zu erkennen glaubte. – »Er liebt sie«, sagte ich zu mir selbst, »und weiß, was zwischen ihr und mir vorgegangen ist!« – Die unerfreuliche Tischgesellschaft ward endlich aufgehoben! Wir verließen alle drei fast zugleich das Speisezimmer.

Meine Unruhe trieb mich bald wieder ins Freie. Diesmal wollte ich meiner Stimmung Meister werden; ich machte einen weiten Spaziergang, von dem ich erst abends ziemlich ermüdet zurückkehrte. Als ich in mein Zimmer treten wollte, öffnete sich die Tür auf Gretchens Seite und Max kam heraus. Er war bestürzt und blieb stehen, als wollte er abwarten, bis ich wegginge. – »Max!« sagte ich, mich zu ihm wendend, »du bist jetzt oft hier oben.« – Er näherte sich mir einige Schritte. – »Du hast dir gestern«, fuhr ich mit gemäßigtem Ernste fort, »große Ansprüche auf meine Dankbarkeit erworben. Was ich für deine Erziehung getan habe, ist kein Ersatz dafür; – ich möchte nicht, lieber Max, daß etwas zwischen uns träte.« – Seine Blicke, welche bisher am Boden gehaftet, erhoben sich jetzt und begegneten den meinigen. Ich sah Tränen darin; er ergriff meine Hände, drückte sie gegen seine Brust und entfernte sich schnell.

Einen Augenblick stand ich, ihm nachsehend, dann ging ich in Gretchens Zimmer. Ich sah sie am Fenster sitzen, den Kopf in die Hand gestützt. Sie stand auf und kam mir langsam entgegen; ihre Augen waren verweint. – »Max ging eben von Ihnen?« sagte ich in möglichst ruhigem Tone. – »Ja!« war ihre Antwort. – »Er schien sehr bewegt – und auch Sie haben geweint.« – Sie schwieg. Ich setzte mich und winkte ihr, es auch zu tun. – »Es ist nicht mehr, wie es war«, sagte ich nach einer Pause; »während meiner kurzen Abwesenheit hat sich viel verändert.« – Sie wollte reden, schlug aber die Augen nieder und schwieg. – »Max liebt Sie.« – »Es ist so«, antwortete sie, vor sich hinsehend. – »Und Sie lieben ihn!« – Sie zögerte. – »Reden Sie, Gretchen!« – »Ich glaub' es fast«, sagte sie mit kaum vernehmbarer Stimme. – Ich stand auf und ging ein paarmal auf und ab. – »Gute Nacht!« sagte ich und ging gegen die Tür. – »Herr Brink!« rief sie mir nach. – »Was verlangen Sie, Gretchen?« – »Er hat mir entsagt und ich ihm«, sagte sie, still weinend. – »Gute Nacht, Gretchen!«

18.

Still ging ich an Paul vorbei in mein Kabinett. Der Alte kam in einer Weile nach, und da er sah, daß ich in der Abendkühle ausgekleidet dastand, nötigte er mir schweigend meinen Schlafrock auf. – »Soll ich Ihnen Ihre Pfeife bringen, Herr?« »Nein, Paul!« – »Ist Ihnen nicht wohl, lieber Herr?« – »Ich bin nicht krank, Paul; aber bringe mir ein Glas Wein und sage den Kindern, wenn sie ins Speisezimmer kommen, sie möchten nur allein essen.« – »Ach Gott!« seufzte Paul fortgehend; »ich dachte wohl, daß es nicht gut enden würde.«

»Er hat ihr das Leben gerettet«, sagte ich zu mir selbst; »und doch ist's nicht das, wodurch er sie mir abgewann: seine Jugend ist's und eine Entfernung von drei Tagen. – So wenig gilt der Mensch, der innere. – Deine Jahre, Samuel – warum vergaßest du deine Jahre?« – Ich setzte mich an mein Schreibpult. Gretchens Papiere fielen mir in die Hände; ihr Taufschein, die Eheverschreibung und die Dispense. Ich schämte mich vor mir selbst. – »Was man ein Kind ist«, sagte ich, »und wie die Natur uns verlockt und täuscht bis an den Rand des Grabes!«

Paul brachte mir Wein und Brot. Gretchen sei sehr bekümmert, erzählte er, daß ich nicht zum Nachtessen käme; und Max hab es sich gleichfalls verbeten. Er sei unten in seiner Stube und arbeite an seinen Wirtschaftsbüchern; nach meinem Befinden habe er sehr teilnehmend gefragt, Gretchens aber nicht erwähnt. – »Ich lasse den Kindern eine gute Nacht wünschen«, sagte ich nach einer Weile; – »und geh du nun auch, Paul, heute bedarf ich nichts mehr.«

Ich schlief wenig, fühlte mich aber ziemlich gestärkt und beruhigt, als ich am andern Morgen aufstand. Da trat Paul herein und übergab mir einen Brief. – »Von wem?« – »Ach, von dem armen Max! Er ist fort, Herr, und ich glaube, wir sehen ihn nicht mehr wieder.« – »Was sagst Du, Alter?« – Ich erbrach schnell den Brief und las einen förmlichen Abschied, voll von Ausdrücken der wärmsten Dankbarkeit. Er hoffe, schrieb er, seine Entfernung werde für die Wirtschaft keinen bedeutenden Nachteil haben, da alles in guter Ordnung sei und Mamsell Berger die Oberaufsicht recht wohl führen könne; auch empfehle er mir den Oberknecht als einen sehr brauchbaren Menschen. Er bat mich um Verzeihung, daß er, unbekannt mit meinen Absichten, dem Wunsche meines Herzens einen Augenblick entgegengetreten sei; mit der innigsten Teilnahme werde er in der Ferne von meinem Glücke hören. Wegen seines Fortkommens bitte er mich, außer Sorge zu sein; er habe durch meine Unterstützung genug gelernt, um überall sein Brot zu finden. Übrigens denke er sich wegen einer Anstellung in den landesfürstlichen Forsten an seinen Freund, den Oberförster, zu wenden, an welchen er mich auch bitte ihm von seinen Sachen nachzusenden, was ich selbst für gut finde, vor allem aber ein Zeichen der Vergebung und der Fortdauer meines Wohlwollens. – »Braver Junge!« rief ich aus; »er hat sie mit Gefahr seines Lebens dem Tode in den Mühlrädern entrissen und geht in die weite Welt, um meinem Glücke mit ihr nicht im Wege zu stehen! – Laß dir sogleich einen Klepper satteln, Paul, und reite hinüber zum Oberförster. Ich lasse ihn bitten, heute Mittag zum Essen zu kommen und den Max mitzubringen! – Warte! – Nein; besorge schnell das Pferd und komm dann wieder. Ich will dir ein paar Zeilen mitgeben. Aber verrate nicht im Hause, am wenigstens vor Gretchen, wo du hinreitest.«

Ich schrieb das Billett an den Oberförster und schärfte Paul, der es abholte, ein, sich gegen Max nicht merken zu lassen, was ich zu seinem Briefe gesagt habe. Der Alte war schwindelig vor Freude und schwur, entweder gar nicht oder mit Max wieder zu kommen. – Mit leichterem Herzen und freierem Blick, als ich seit zehn Tagen gehabt hatte, trat ich ans Fenster, von welchem ich Gretchen eben aus dem Garten kommen sah. Sie bemerkte mich nicht, sondern ging ernst und sinnend mit ihrem Körbchen voll Kirschen über den Hof die Treppe hinauf und erschrak, als ich ihr unvermutet aus meiner Tür entgegentrat und ihr einen guten Morgen bot.

»Sind es saure Kirschen?« fragte ich, mich ihr nähernd. Sie reichte mir das Körbchen her. »Alles ist süß, was von Ihnen kommt«, sagte ich, nachdem ich ein paar Kirschen gekostet hatte, – »selbst ein Korb.« Gretchen war so verlegen, daß mich mein ungeschickter Scherz bald reute. Ich fragte nun ernsthaft, ob sie um die Flucht unseres Max gewußt habe? Sie nickte: »Ja!« – »Und wozu soll das führen?« sagte ich. »Zu ihrer Ruhe und der seinigen«, antwortete sie mit bescheidener Würde. – »Sie trauen mir also wenigstens zu«, erwiderte ich, »daß ich mich des Vorteils nicht überheben werde, den mir seine Entfernung zu geben scheint.« – »Ich traue Ihnen alles zu«, sagte Gretchen, »dessen ein edles Herz fähig ist. Aber es ziemt mir nicht, von dem zu reden, was Sie zu tun oder zu lassen für gut finden werden.« – »Haben Sie keinen Wunsch für sich, Gretchen?« – »Zu bleiben, wie ich bin«, erwiderte sie mit großer Milde, »und in dem harmlosen Geschäfte, für das Sie mich anfangs bestimmten, so nützlich zu sein, als es mir möglich ist.« – Ich unterdrückte die Antwort, die mir auf den Lippen schwebte, und indem ich Gretchen freundlich zuwinkte, ging ich auf mein Zimmer zurück.

»Es war eine schöne Phantasie«, sagte ich zu mir selbst; »der Fehler war nur, daß ich sie für Ernst nahm. Fahre hin, holder Traum meines Nachsommers! Ward ich doch in früherer Zeit oft unfreundlicher geweckt und nicht immer wie jetzt ohne Reue!« – Mit voller Heiterkeit setzte ich mich an meinen Schreibtisch und nahm Gretchens Papiere wieder zur Hand. Ohne Beimischung einer bitteren Empfindung blätterte ich nun darin und legte die Stücke beiseite, von denen ich Gebrauch zu machen dachte. »Der Taufschein des lieben Kindes«, sagte ich, indem ich lächelnd das Datum betrachtete, »kam zwar um zwanzig Jahre zu spät, aber nur für mich; – *den* haben wir nötig. Die Dispensation – lachen wirst du, ehrlicher Morbach! – ist jetzt überflüssig; aber die Eheverschreibung – mit einigen Abänderungen kann sie auch so noch ihre Dienste tun.« – Ich machte diese Abänderung und legte den Kontrakt zu Gretchens Geburtsschein. – »Glückliche machen zu können«, sagte ich, indem ich aufstand, »ist ja doch das reinste Glück; und wie sollten wir verstehen, es anderen zu bereiten, wenn wir nicht selbst dafür empfänglich wären? Habe Dank, gütige Natur, für diesen letzten Frühlingsschein in meinem herbstlichen Leben! Dem sanften Zuge der Neigung glaubte ich zu folgen und es war eine höhere Hand, die zwei schuldlose Wesen durch mich vereinigen wollte.«

Ich machte einen Gang durch die Felder, um die Zeit bis zum Mittagessen hinzubringen. Kaum war ich zurück, so traten der Oberförster und Max herein. Mit treuherziger Munterkeit führte jener den sehr verlegenen jungen Menschen auf mich zu, indem er sprach: »Hier haben Sie den Ausreißer.« – »Ist es recht, Max«, sagte ich, »daß du auf und davon gehst, ehe du mir einen Nachfolger gestellt hast, und sogar ehe wir noch Gretchens wunderbare Erhaltung gefeiert haben? – Richte den Tisch drüben, Paul, in Mamsell Gretchens Zimmer; wir sind heut' ihre Gäste.«

»Was meinen Sie, Herr Oberförster«, redete ich nun diesen an, »da mich der Junge mit der Wirtschaft sitzen läßt, wenn ich mein Gütchen in Pacht gäbe?« – »Dazu rat' ich nicht«, erwiderte der Oberförster schnell. – »Aber der Mann ist tüchtig«, gab ich zur Antwort, »und hat selbst *Ihren* Beifall. Denn kurz, weil Max das Gut nicht mehr für meine Rechnung verwalten will, mag er's für seine tun; ich geb' es ihm für einen billigen Pachtzins, jedoch unter einer Bedingung.« – »Die wäre?« fragte der Oberförster aufhorchend. – »Daß er die Ansprüche befriedige, die ich einer gewissen Person auf mich und einen Teil meines Eigentums eingeräumt habe. Die Sache ist hier schriftlich aufgesetzt; sieh selbst, Max, ob du die Bedingung erfüllen kannst.« – Max starrte mich und die Ehestiftung an, die ich ihm hinreichte. – »Wahrhaftig«, rief der Oberförster, der einen Blick in die Schrift tat, »das ist ein Heiratskontrakt und Ihr Name, Max, steht hier neben Gretchens Namen.« – Max war noch immer wie ohne Bewußtsein. – »Nimm doch, Max!« sagte ich, ihm das Papier aufdringend; »du hast dich nicht so lange besonnen, als du das Mädchen aus dem Wasser zogst.« – »O mein Wohltäter, mein Vater!« rief er nun und lag an meinem Halse. – »Geh hin, Glücklicher!« unterbrach ich seinen Freudentaumel, »und hole dir ihr Jawort selbst. Ich will es ihr ersparen, vor meinen Augen rot zu werden, so gern ich sie auch erröten sehe.« – Er flog zur Tür hinaus.

»Das ist brav, Herr Brink!« sprach der Oberförster, »und wahrlich noch mehr, als ich von Ihnen erwartete, was doch nicht wenig gesagt ist.« – »Loben Sie mich nicht, Freund!« erwiderte ich; »er wollte für mich viel mehr tun. Was ist der Wunsch eines Mannes, der vom Leben beinahe schon Abschied nimmt, gegen die erste Liebe zwei solcher Herzen?«

Gretchen kam, an Maxens Arm geschmiegt, zur Tür herein. Es war, als sollte ich für meine Selbstverleugnung durch den lieblichsten Anblick belohnt werden, denn ihre ganze Gestalt glühte von dem Ausdruck der holdesten Schamhaftigkeit. »Die Farbe Ihrer Wangen«, rief ich ihr entgegen, »gibt mir Antwort auf Maxens Werbung. Ich habe nur noch eins beizusetzen: in drei Wochen muß Hochzeit sein; alles ist vorbereitet, sogar die Einwilligung Ihres Vormundes. – Und nun, Gretchen, geben Sie mir den Arm als Brautvater, weil es nicht als Bräutigam geschehen konnte. Wir wollen heute Ihre jungfräuliche Wohnung zu dem glücklichen Aufenthalt einer kleinen Familie einweihen. Sie schien Ihnen zu weitläufig; hatte ich nicht recht, als ich sagte: wer weiß, wozu das in der Folge gut ist?«

Über tredition

Eigenes Buch veröffentlichen

tredition wurde 2006 in Hamburg gegründet und hat seither mehrere tausend Buchtitel veröffentlicht. Autoren veröffentlichen in wenigen leichten Schritten gedruckte Bücher, e-Books und audio-Books. tredition hat das Ziel, die beste und fairste Veröffentlichungsmöglichkeit für Autoren zu bieten.

tredition wurde mit der Erkenntnis gegründet, dass nur etwa jedes 200. bei Verlagen eingereichte Manuskript veröffentlicht wird. Dabei hat jedes Buch seinen Markt, also seine Leser. tredition sorgt dafür, dass für jedes Buch die Leserschaft auch erreicht wird.

Im einzigartigen Literatur-Netzwerk von tredition bieten zahlreiche Literatur-Partner (das sind Lektoren, Übersetzer, Hörbuchsprecher und Illustratoren) ihre Dienstleistung an, um Manuskripte zu verbessern oder die Vielfalt zu erhöhen. Autoren vereinbaren direkt mit den Literatur-Partnern die Konditionen ihrer Zusammenarbeit und partizipieren gemeinsam am Erfolg des Buches.

Das gesamte Verlagsprogramm von tredition ist bei allen stationären Buchhandlungen und Online-Buchhändlern wie z. B. Amazon erhältlich. e-Books stehen bei den führenden Online-Portalen (z. B. iBookstore von Apple oder Kindle von Amazon) zum Verkauf.

Einfach leicht ein Buch veröffentlichen: **www.tredition.de**

Eigene Buchreihe oder eigenen Verlag gründen

Seit 2009 bietet tredition sein Verlagskonzept auch als sogenanntes "White-Label" an. Das bedeutet, dass andere Unternehmen, Institutionen und Personen risikofrei und unkompliziert selbst zum Herausgeber von Büchern und Buchreihen unter eigener Marke werden können. tredition übernimmt dabei das komplette Herstellungs- und Distributionsrisiko.

Zahlreiche Zeitschriften-, Zeitungs- und Buchverlage, Universitäten, Forschungseinrichtungen u.v.m. nutzen diese Dienstleistung von tredition, um unter eigener Marke ohne Risiko Bücher zu verlegen.

Alle Informationen im Internet: **www.tredition.de/fuer-verlage**

tredition wurde mit mehreren Innovationspreisen ausgezeichnet, u. a. mit dem Webfuture Award und dem Innovationspreis der Buch Digitale.

tredition ist Mitglied im Börsenverein des Deutschen Buchhandels.

Dieses Werk elektronisch lesen

Dieses Werk ist Teil der Gutenberg-DE Edition DVD. Diese enthält das komplette Archiv des Projekt Gutenberg-DE. Die DVD ist im Internet erhältlich auf **http://gutenbergshop.abc.de**

Zeitfracht Medien GmbH
Ferdinand-Jühlke-Straße 7
99095 Erfurt, Deutschland
produktsicherheit@kolibri360.de